Ivresse d'Amour

Chère Lise,

Je crois qu'il est important de valiser nos rêves ! Merci d'y participer !

xx

Josée Amesse

Ivresse d'Amour

ROMAN

MFR

Éditeur

**Catalogage avant publication
de Bibliothèque et Archives Canada**

Amesse, Josée, 1957-

    Ivresse d'amour
    ISBN 2-922327-30-2

    I. Titre.

PS8551.M476I97 2005   C843'.54   C2005-942002-2
PS9551.M476I97 2005

MFR éditeur
12530, 25ᵉ Avenue
Montréal (Québec) Canada H1E 1Y4
Téléphone : (514) 648-7092
Télécopieur : (514) 648-6151
Courriel : info@mfrediteur.com
Site Web : http://www.mfrediteur.com

Diffusion mondiale et distribution : **MFR éditeur**

Infographie : Griffe PME
Toile de la couverture : Thérèse Champagne
Composition graphique de la couverture : Domino Design

Josée Amesse © 2005
jamesse@videotron.ca

Dépôt légal : 4ᵉ trimestre 2005
Bibliothèque nationale du Québec
Bibliothèque nationale du Canada
ISBN 2-922327-30-2

Mot de l'auteure

Ce roman se veut en quelque sorte un témoignage de la souffrance, du mal de vivre, de la déception, de la honte, du mal d'amour et du manque d'amour d'une enfant de mère alcoolique. Les enfants de parents alcooliques peuvent surmonter leur difficulté à vivre. L'acceptation et le pardon sont souvent les seuls remèdes au mal qui leur ronge le corps et l'âme. Un enfant de parent alcoolique ne pourra jamais sauver son parent souffrant. Il s'agit d'un défi impossible à relever tout comme le rêve de Don Quichotte.

DU MÊME AUTEUR

Ma douce passion, Les Éditions Droit au cœur, 1999

Merci pour la Vie que vous m'avez donnée,
Maman et Papa, je vous aime.

Merci Pierre, mon compagnon de vie,
pour ton soutien inconditionnel, je t'aime.

Merci Alexandre, mon fils,
grâce à toi, j'ai commencé à guérir, je t'aime.

Merci Agathe Raymond,
de m'aider à prendre enfin ma place.

Merci Gilles Placet,
de m'avoir aidée à comprendre ma mère.

Merci Denise Boucher,
de m'avoir fait connaître Christian Bobin
et « sa plus que vive ».

Merci Lise Dupuis et Lorraine Rivard,
mon *fan club*, pour votre énergie et votre soutien.

Merci à mon groupe de *coaching*,
avec qui j'apprends à prendre mon élan.

Merci Thérèse Champagne pour ton art,
et surtout de m'avoir révélé
une partie de mon histoire.

Merci Denise de Repentigny, mon éditrice,
pour ton ouverture et ton soutien.

À toi, Maman

Tu m'as tout donné pour ne garder que très peu
pour toi, suffisamment de forces pour prendre soin de
nous et nous donner le meilleur de toi-même.

Tu m'as tout donné en t'oubliant.

Tu m'as tout donné et tu ne dois rien regretter
de cet amour si grand qui fait qu'aujourd'hui,
je suis devenue la femme que je suis.

Tu m'as tout donné, Maman, et jamais
je n'oublierai les bons et les mauvais moments
vécus ensemble.

Te souviens-tu de nos promenades à la campagne
quand nous allions cueillir des fleurs pour en faire
des bouquets ?

L'écoute, l'empathie et le désir d'aider les autres me
viennent de toi.

Maman, veille sur moi dans ton coin de paradis.
Tu auras toujours ta place dans mon coeur.

Maintenant que tu es partie, tu peux enfin vivre
dans la lumière, la paix, libre de toute souffrance.

Je t'aime, Maman, peu importe le passé,
Je t'aimerai toujours…
Je ne cesserai jamais de t'aimer.

Préface
Être vraie, être juste, être meilleure

Être vraie, c'est être fidèle à soi-même avant tout.

Être juste et loyale, c'est faire honneur à sa parole sans jamais la trahir.

Être meilleure, c'est admettre et dire ce qui ne va pas afin de le régler.

Tout au long de ces pages, nous découvrons le courage, la persévérance, la générosité et l'authenticité.

Tout au long de ces pages, nous découvrons la souffrance, la naïveté et la peine qu'engendre la Vie.

Tout au long de ces pages, nous découvrons la vérité d'un enfant blessé.

Josée a risqué tout ce qu'il faut pour être elle-même.

Josée, chaque jour, a fait de son mieux pour que tout s'accomplisse.

Josée a choisi de vivre dans la beauté du Vrai.

Bravo Josée.

Agathe Raymond Bernier

Avertissement au lecteur

Inspiré en partie de faits vécus, les noms des personnages et des lieux ont été modifiés.

Les retrouvailles

Après avoir attendu son mari à la porte de l'hôpital pendant une heure, résignée, Julia décida de partir à pied avec son sac à main sur l'épaule et sa valise sous le bras. L'hiver avait déjà commencé à s'installer. Les médicaments qu'elle prenait la rendaient parfois confuse, désorientée. Julia avait l'impression de retrouver son cœur d'enfant en voyant la neige tomber. Elle prenait plaisir à regarder chaque flocon venant se déposer sur sa mitaine tellement elle était émerveillée. Son chapeau de laine enfoncé jusqu'aux oreilles et son écharpe nouée autour du cou, elle était maintenant rendue rue Sainte-Catherine. Les décorations de Noël des grands magasins du centre-ville de Montréal la fascinaient encore tout autant.

***

À l'autre bout de la ville, Paul, revenu à sa table de travail d'architecte, regarda son agenda, ressentant une sorte de fébrilité mêlée de hâte à l'idée de revoir enfin Julia qui venait de passer les deux derniers mois à l'aile psychiatrique du centre hospitalier universitaire. Demain serait enfin le grand jour. Il pensa aussi à Patrice, son fils de dix ans qui retrouverait sa maman qui lui manquait tant depuis le premier jour de son entrée à l'hôpital.

À mesure que Julia reprenait contact avec la vie extérieure en déambulant sur la rue Sainte-Catherine, elle se souvint que ces deux derniers mois, chacune de ses heures, chacun de ses jours et chacune de ses nuits avaient été tout à fait semblables. Les murs blancs de sa chambre d'hôpital ressemblaient à ceux d'une cellule. Julia avait ressenti une grande froideur dans toutes les fibres de son être. Certains jours, le vers de *Soir d'hiver* d'Émile Nelligan lui martelait la tête :
Ma vitre est un jardin de givre à la douleur que j'ai, que j'ai...

Julia avait l'impression que sa folie s'apparentait quelque peu à celle du premier poète maudit de son pays, être solitaire et incompris. Sa chambre était un jardin de mort de plus en plus infertile. Julia semblait crouler dans l'oubli. Tout autour d'elle n'était que désespoir. Elle arrivait à peine à se souvenir d'hier, n'ayant aucun projet pour demain. Elle avait eu tant de difficulté à vivre le moment présent dans cette institution, se sentant dépouillée de tout, même de sa dignité. Ses seuls vêtements étaient des robes de nuit en coton, de crainte qu'elle ne veuille mettre fin à ses jours si elle avait été vêtue autrement. Julia avait déjà pensé en finir, au moins trois fois dans sa vie, mais elle n'avait jamais mis ses plans à exécution.

***

Julia attendait le feu vert pour traverser la rue à l'angle de Sainte-Catherine et Université lorsqu'elle se sentit prise d'un vertige si violent qu'elle en perdit connaissance. Lorsqu'elle revint à elle, un individu était agenouillé à ses côtés. Le regard embrouillé par la chute qu'elle venait de faire, Julia arrivait à peine à distinguer son visage. Elle finit par entendre l'étranger lui parler.

– Madame, ça va aller ? Attendez, je vais appeler des secours…

Julia sembla reconnaître la voix de l'individu qui venait de lui adresser la parole malgré le moment de confusion qu'elle vivait. Comment aurait-elle pu oublier cette voix ? Elle se souvint tout à coup de son regard, de ses yeux bleus, de son sourire… Julia essaya de se relever, mais la tête lui tournait comme si elle avait été assise dans un carrousel au parc d'attractions. Elle n'avait jamais aimé ces manèges, ils lui donnaient la nausée.

– Attention, Madame, allez-y doucement, peut-être devriez-vous rester allongée en attendant l'ambulance, lui proposa l'homme.

Julia était toujours bouche bée. Elle avait cessé de s'accrocher à la vie depuis qu'elle avait basculé de l'autre côté du miroir un peu comme Alice au pays des merveilles, mais dans un milieu beaucoup moins enchanteur. Cette fois, pas de lapin à tirer du sac, pas de carte chanceuse à jouer, seulement une extrême noirceur partout dans sa tête, dans son cœur, dans son âme… Julia tenta de replacer son chapeau de laine du mieux qu'elle put. Elle avait bel et bien reconnu Frédéric avec qui elle était allée au cégep. Ils étaient ensemble en lettres. Julia avait continué à étudier en littérature à l'université, et Frédéric s'était dirigé en finances. Elle avait tellement désiré ce garçon, mais pour Frédéric, elle n'était qu'une copine bien ordinaire, étant donné que son cœur était pris ailleurs. Julia lui avait dédié de nombreux poèmes, incapable de lui avouer son attirance et son amour. Presque vingt ans plus tard, son passé venait la relancer, à un moment où elle avait déjà du mal à « se vivre ».

– Frédéric ? lui lança Julia.
– Mais, comment se fait-il que vous sachiez mon nom ?
répondit Frédéric, stupéfait.
– On était au cégep ensemble… Julia… Tu te souviens ?

Surpris de retrouver une connaissance aussi lointaine,
Frédéric tenta de continuer la conversation malgré son
malaise. Mais il fut interrompu lorsque les ambulanciers
arrivèrent sur les lieux. Après avoir examiné Julia, ils lui
suggérèrent de se rendre à l'urgence du CLSC pour un
examen plus complet. Frédéric offrit à Julia de l'accompagner. Elle accepta, encore sous le choc de ce qui venait
de lui arriver.

Lorsqu'ils attendaient pour voir le médecin, Frédéric
reprit la conversation interrompue par l'arrivée des ambulanciers.

– Que fais-tu de bon ces temps-ci, Julia ?
– Je viens d'obtenir mon congé de l'hôpital, et me voilà
à nouveau dans un autre établissement de santé…
– Qu'est-ce que tu as eu ? Était-ce grave ? reprit
Frédéric.
– Dépression nerveuse…

Le médecin appela Julia avant qu'elle ne puisse s'étendre sur le sujet. Il ne diagnostiqua rien de majeur, sinon
peut-être une réaction à sa sortie dans le monde extérieur
après deux mois de réclusion. Lorsque Julia sortit du
bureau du médecin, Frédéric lui demanda s'il y avait
quelqu'un qu'elle aurait voulu appeler.

– Je ne comprends pas ce qui s'est passé. Paul devait
venir me chercher à l'hôpital pourtant, et il n'est jamais

venu. J'ai téléphoné à son bureau et à la maison, et pas de réponse.

– Mon appartement est à cinq minutes d'ici. Tu pourrais venir manger quelque chose et essayer de le rappeler ? Qu'est-ce que t'en dis ? Je dois voir un client, mais seulement dans une heure, et mon bureau est à dix minutes de chez moi.

– Je ne voudrais pas déranger…

– Si je te l'offre, c'est que ça ne me dérange pas du tout.

Julia accepta donc. Une fois à l'appartement de Frédéric, Julia eut l'impression de se sentir en terrain de connaissance.

Le cellulaire de Frédéric sonna tout à coup.

– Oui, allô !… Ne vous en faites pas, demain, ce sera parfait… Même heure ?… D'accord, j'y serai.

Lorsqu'il eut refermé son cellulaire, Frédéric sembla plutôt satisfait du fait que son rendez-vous avait été remis au lendemain.

– Comme je ne dois pas rencontrer mon client cet après-midi, si je nous préparais un sandwich pendant que tu appelles Paul ?

– Hum ! Je n'ai pas tellement faim… Une petite demie peut-être, s'il te plaît…

– Poulet mariné, laitue et mayo, ça va ?

– Oui, répondit Julia avec hésitation, encore davantage sous le choc de cette rencontre que de la chute qu'elle venait de faire en perdant conscience.

***

Quand Julia put enfin joindre Paul, il semblait confus. Il avait pourtant bien indiqué dans son agenda la sortie de Julia pour demain.

— Es-tu toujours à l'hôpital ? lui demanda-t-il, presque inquiet.

— Non, je suis au centre-ville.

— Je dois terminer un plan pour quinze heures. En rentrant du bureau, je pourrais aller chercher Patrice au service de garde de l'école, et nous pourrions passer te prendre par la suite. Est-ce que ça t'irait ? Comment te sens-tu, Julia ?

— J'ai eu un malaise, mais ça va mieux maintenant, répondit Julia nerveusement.

Julia se sentait complètement dépassée par toutes les responsabilités avec lesquelles Paul devait jongler en ce moment. Elle ressentit soudain beaucoup de culpabilité d'avoir été absente durant deux mois, incapable de partager la vie de son mari et de son fils, complètement déboussolée et prise par la dépression qui l'avait habitée.

— Je pourrais peut-être me rendre à la station de métro, suggéra Julia.

— Ce serait bien, oui, disons vers 18 heures, j'apporterai une collation à Patrice pour qu'il puisse patienter jusqu'au souper, ajouta Paul dont le sens de l'organisation était toujours aussi présent.

— D'accord pour 18 heures alors !…Paul… Je t'aime…

— Moi aussi, ma colombe, répondit Paul en raccrochant le combiné, le cœur encore tout chamboulé par cette brève conversation avec la femme de sa vie.

Paul avait bien visité Julia aussi souvent qu'il le pouvait au cours des deux derniers mois, mais sa femme n'était pas à ses côtés pour partager chaque instant et voir leur fils grandir. Elle lui avait manqué terriblement.

***

Lorsque Frédéric arriva dans le salon avec leur sandwich, Julia était encore perdue dans ses pensées. Il s'assit sur le canapé à ses côtés.

– As-tu joint Paul au téléphone ? demanda Frédéric en déposant le sandwich sur la table du salon avec un verre de jus de mangue.

– Oui, il croyait que je sortais de l'hôpital seulement demain. Je vais aller le rejoindre au métro pour 18 heures.

– Si tu veux, je peux t'amener en voiture jusque-là.

– Non, ça va aller.

– Dis-moi, qu'est-ce qui s'est passé pour que t'en arrives là ? lui demanda Frédéric sans hésitation.

– J'ai longtemps voulu croire que j'étais heureuse. D'aussi loin que je me souvienne, il n'y avait pas un jour qui passait sans qu'une dispute n'éclate entre mes parents. Avec le temps, je me suis rendu compte que je me racontais des histoires. Cette situation faisait partie de ma réalité. J'ai commencé à chercher à comprendre le jour où j'ai accouché. Après trente heures de travail, Patrice est né. Il pesait sept livres et une once. C'est lui qui a transformé ma vie. Il m'a aidée à grandir. Durant toute ma grossesse, je rêvais déjà d'avoir un autre enfant tellement tout se déroulait à merveille. Je débordais d'énergie. Je trouvais l'attente interminable. J'avais de la difficulté à m'habituer à la vie d'une femme au foyer. J'avais si hâte de rencontrer ce petit être qui bougeait en moi. À environ un mois de l'accouchement, le vent a commencé à tourner :

« Un jour que nous étions chez mes parents, Paul et moi, papa nous a dit que la situation avait empiré. Maman s'était mise à boire davantage. À partir de ce jour, mes parents ont fait chambre à part. À l'aube d'être moi-même mère, j'ai réagi en voulant rejeter la mienne. Je n'arrivais pas à accepter que maman se détruise ainsi. J'avais tellement honte. J'avais l'impression qu'elle ne m'aimait pas. Je suis revenue chez moi en pleurant ce soir-là, complètement effondrée.

« Le lendemain, Paul a téléphoné à son père pour lui demander de l'aide. Mon beau-père avait été lui-même alcoolique pendant dix-huit ans, mais sobre depuis presque autant d'années. Il est donc venu me rencontrer le matin suivant pour m'expliquer ce qui pouvait se passer dans la tête d'un alcoolique après avoir consommé. Les trous noirs et les pertes de mémoire étaient terrifiants. Mon beau-père m'a laissé de la documentation sur les Alcooliques Anonymes pour la remettre à maman. Il m'a surtout fait comprendre que je devais accepter la situation même si je trouvais de plus en plus difficile d'être en sa présence lorsqu'elle avait trop bu.

« Un vendredi matin de septembre, avec deux semaines de retard, les premières contractions se sont manifestées. Le travail a duré presque deux jours. Le médecin a dû utiliser les forceps pour sortir mon bébé qui avait le cordon ombilical autour du cou. J'avais tellement poussé lors des contractions que j'en avais le corps couvert de taches rouges. Le premier contact avec Patrice a été magique. Une fois que le médecin eut terminé son examen et que mon fils ait pu reprendre des couleurs dans l'incubateur, l'infirmière l'a tout de suite mis sur moi pour que Paul et moi puissions admirer le chef-d'œuvre que nous avions fait ensemble dans l'amour et la complicité. L'infirmière m'invita immédiatement à lui donner le sein, et ce fut le début d'une belle histoire d'amour maternel.

« La révolte qui éclata en moi dans les jours qui suivirent me surprenait. Elle perdura des semaines et des mois. Jamais avant ce jour, Paul et moi n'avions eu de discussions. Avec lui, je vivais le véritable amour même si, un jour, j'avais cru l'avoir trouvé avec toi. »

– Si tu savais comme j'ai eu mal quand j'ai réalisé que, toi et moi, ça ne serait jamais possible, lança-t-elle à Frédéric.

– Je ne comprends pas. Qu'est-ce que tu veux dire, Julia ? questionna Frédéric encore sous le choc d'une telle révélation.

– Je t'aimais tellement, Frédéric, du moins, je croyais t'aimer…

Julia ne put s'empêcher de se sentir replongée dans le passé. Elle avait l'impression de regarder Frédéric avec les mêmes yeux que lorsqu'ils avaient tous les deux vingt ans. Elle était déconcertée de voir que Frédéric lui faisait encore autant d'effet dans son complet bleu marine de style Armani. Sa cravate s'agençait parfaitement au bleu vert de ses yeux. Ses cheveux grisonnants d'homme mature lui donnaient encore plus de charme. Julia continua dans cette même veine de confidences :

– J'aurais tout donné pour toi. Je t'avais dans la peau. Je vivais en fonction de toi. Si, au moins, tu m'avais regardée comme une femme, et non comme une autre

« fille de la gang ». Tu pensais me rendre service en me ramenant chez moi après les cours, mais tu me rendais malade. Et moi, je laissais faire…

– C'était seulement pour te rendre service, sans arrière-pensée aucune, justifia Frédéric.

– Mais je t'aimais, moi. J'étais folle de toi et je n'avais pas le courage de te l'avouer. Quand on travaillait ensemble sur des projets, c'était encore pire. Je me souviens de t'avoir demandé pour sortir une fois, mais tu m'avais répondu que ta blonde n'aurait pas tellement apprécié. Il faut dire que je n'étais pas très sexée à l'époque…

– Ne dis pas cela, Julia…

– Bon, je pense que je devrais penser à m'en aller, ta femme et des enfants vont sûrement bientôt rentrer, avança Julia.

– Y'a personne, pas de femme ni d'enfants.

Doucement, Julia posa sa main sur la joue de Frédéric et soupira. Elle la retira. Leurs regards se rencontrèrent véritablement pour la première fois depuis l'incident de la matinée. Frédéric prit ses mains dans les siennes et lui dit :

– Si j'avais su…

– Su quoi ? que j'étais en train de faire une folle de moi ? que, sans toi, la vie n'avait pas de sens ? que je voulais en finir avec la vie ?

– On était jeunes, je pensais que je savais ce que je voulais, mais…

– Tu peux le dire, j'étais jeune et innocente. Je n'avais pas de *guts*. Je ne savais pas comment t'avoir. Je m'en étais trop mis sur le dos : je portais mes parents sur mes épaules, je n'avais aucune confiance en moi, mon rôle de fille unique était lourd à porter, mon silence. Je me laissais mener par la vie des autres, incapable de vivre ma vie…

Mais c'est du passé tout cela.

– Tu prendrais un verre, quelque chose d'autre à boire ?
J'ai du Bordeaux, proposa Frédéric qui sentait qu'il avait
besoin de reprendre ses esprits.

Frédéric alla chercher une carafe et se versa un verre de
Bordeaux. Il en offrit à Julia qui accepta. Il s'alluma un
petit cigare filtre et en présenta également un à Julia qui
avait, elle aussi, besoin d'air, de ventiler les émotions vives
qui refaisaient soudainement surface.

Après avoir pris une gorgée de Bordeaux, Frédéric
sembla vouloir changer la conversation.

– Que s'est-il passé après ton accouchement ?
– J'en voulais au monde entier. J'avais continuellement
les nerfs à fleur de peau. Je pensais que c'était à cause du
post-partum. Trois ans plus tard, quand la guerre du Golfe
a éclaté, moi aussi, j'ai déclaré ma propre guerre. Au Jour
de l'An, Patrice, qui était âgé d'environ deux ans et demi,
était enrhumé. Mon père semblait attribuer sa condition
au fait qu'il était allé au cinéma avec son parrain et sa
copine. C'était une peccadille, mais j'avais l'impression
d'être une mère incompétente. Après avoir pleuré pendant
deux jours presque sans arrêt, j'ai décidé d'aller consulter.
J'ai appelé la pédiatre de Patrice. Elle m'a référée à l'un de
ses collègues du CLSC qui faisait partie de l'équipe de
santé mentale. C'est alors que j'ai commencé à me poser
des questions. J'avais beaucoup de difficulté à parler de
moi, de mes émotions, de ma mère et de mon père. Le
médecin m'a suggéré d'écrire une sorte de journal quotidien. J'ai vraiment découvert les propriétés thérapeutiques
de l'écriture à ce moment-là.

Julia avait l'impression de vivre un rêve éveillé. Elle posa sa main sur la poitrine de Frédéric et sentit son cœur battant à vive allure. Il se passait quelque chose d'intense. Leurs bouches se touchèrent dans un élan de passion intense. Frédéric dirigea sa main sur la cuisse de Julia et la glissa sous sa jupe. À cet instant, elle se sentit incapable d'aller plus loin. Elle aimait trop Paul pour succomber à ce désir qui semblait monter en elle. Julia prit la main de Frédéric et l'écarta tendrement. Celui-ci réalisa qu'il était sans doute allé trop loin cette fois-ci.

– Désolé, s'excusa-t-il.

Le malaise qui s'était installé plus tôt, suite à la confidence de Julia, ne disparut pas, mais sembla s'amplifier.

– Peut-être avions-nous quelque chose à régler..., d'ajouter Julia.
– Je devrais te laisser finir ton histoire, rétorqua Frédéric en buvant d'un coup le reste de son verre.

« Après une dizaine de rencontres avec le médecin du CLSC, j'ai décidé de faire des choses pour moi. Je voulais surtout essayer d'arrêter de vouloir sauver ma mère. Je me sentais responsable de son mal de vivre. Pour prendre soin de moi, j'avais besoin de me faire plaisir, de renouer avec les passions que j'avais mises de côté en me mariant. J'ai recommencé à jouer de la guitare et j'ai décidé qu'un jour j'écrirais un roman.

« J'ai travaillé comme assistante administrative au centre-ville, mais ce poste me pesait. Mes collègues avaient beau me dire que je faisais un boulot remarquable, je détestais ce que je faisais. Patrice entrait à l'école primaire cette année-là. Il n'a pas cessé d'exprimer mon mal de vivre par plein de maladies, de la grippe à la scarlatine et la gastro-entérite. Puis, un jour, tout s'est écroulé. Je me suis effondrée. En me rendant au travail, ce matin-là, mes jambes m'ont lâchée. Elles ont refusé de me porter plus loin. J'étais écrasée sous le poids de ma vie. Je me détestais et je me sentais incompétente. Je me dévalorisais constamment. On me renvoyait une image positive, mais le message ne passait pas. J'avais du mal à m'accepter. Je marchais à côté de ma vie, à côté de MOI. Je rêvais d'une vie d'artiste. Si, au moins, j'avais pu gagner le gros lot! Ce jour-là, mon corps et mon esprit ont refusé d'avancer et d'aller plus loin. Je ne pouvais plus me mentir. Je devais changer de place.

« La poitrine me serrait. J'avais chaud. J'avais la nausée. J'étais incapable de me rendre au travail dans de telles conditions. J'ai pris un taxi à la station de métro et je me suis rendue chez mes parents. Comment leur expliquer le mal qui s'emparait de moi? Je suppose que mon corps réagissait et refusait de me voir passer à côté de ma vie. Je devais guérir de mon mal de vivre, de ce mal qui avait pris racine en moi depuis fort longtemps. Je me suis retrouvée à l'urgence du CLSC après avoir prévenu Paul et ma directrice de service. Une femme médecin m'a signé un repos de deux semaines, mais c'était loin d'être la solution. J'ai donc décidé de revoir le médecin que j'avais déjà consulté. Son diagnostic : un *burnout*.

« C'est à ce moment que j'ai réalisé que je n'en étais pas à mon premier épisode dépressif. À treize ans, en Secondaire I, j'avais fait ma première dépression. On me trouvait nerveuse et trop sensible. J'avais plein de symptômes physiques : étourdissements, nausées, faiblesses, mais aucune maladie diagnostiquée. Je n'arrivais pas à supporter l'école. Le pensionnat où j'étais externe m'étouffait. Je ne me sentais pas acceptée par les autres camarades. En plus, de peur de ne pas être comme les autres, j'avais décidé de ne plus étudier pour cesser de développer mes talents.

« Pour arriver à finir mon année scolaire, mon père m'avait amenée chez le médecin, qui m'avait prescrit des calmants très légers. En route vers son cabinet, j'avais désespérément ouvert la portière de la voiture que mon père m'avait sommé de refermer aussitôt ! Je n'avais déjà plus le goût de vivre. C'était environ à la même époque où je m'étais rendu compte que ma mère avait vraiment un problème d'alcool.

« Nous étions toutes les deux au magasin de vêtements que mes parents tenaient dans l'est de la ville. J'étais assise à la table de cuisine dans l'arrière-boutique. Je feuilletais des revues pour passer le temps et j'ai vu maman sortir une bouteille de gin de l'armoire pour se préparer un *gin & tonic* en plein cœur de l'après-midi. Une fois le verre vidé, je voyais bien qu'elle n'était pas dans son état normal. Je crois que c'est à partir de ce jour-là que je me suis sentie encore plus coupable, surtout plus responsable de maman, et que j'ai voulu passer ma vie à vouloir la sauver.

« À vingt-six ans, j'ai fait une deuxième dépression. Mon départ de la maison, ma nouvelle vie conjugale, et mon passage à « l'âge adulte » ont ramené mon mal de vivre. J'ai perdu pied à nouveau. J'avais beau adorer Paul, l'homme avec qui je venais de m'engager pour la vie, je détestais mon travail et je ne me sentais pas à ma place. La dépression était devenue ma fuite. Je n'arrivais surtout pas à me donner le droit d'être heureuse et de vivre ma vie avec l'homme que j'avais choisi. Un peu de repos, et encore quelques calmants, et hop! je reprenais le collier.

« Je n'avais sans doute pas trouvé le bon remède puisque, dix ans plus tard, le *burnout* a fait son apparition et m'a clouée chez moi. Patrice, alors âgé de six ans, était bien content de venir dîner à la maison et de rentrer tôt de l'école, enfin libéré de la prison que représentait pour lui la garderie.

« Quant à Paul, j'ajoutais sur ses épaules une charge additionnelle. Je fonctionnais à moins de cinquante pour cent de mes capacités. Je me levais, je déjeunais et j'amenais Patrice à l'école. La marche m'aidait à guérir. Je dormais beaucoup. Lorsque Paul revenait du travail, il me trouvait souvent étendue ou assise à lire dans le salon. Exister était déjà tout un programme. Heureusement, j'avais repris une autre série de dix rencontres avec mon médecin au CLSC, et à nouveau, l'écriture m'aidait à chercher des solutions.

« Je savais que ça ne tournait pas rond. Alors, j'ai dû faire face à ma réalité. Si je voulais guérir, je devais quitter mon emploi. Je n'étais définitivement pas une secrétaire et je ne voulais plus l'être. Je ne l'avais jamais été d'ailleurs. La peur et le manque de confiance m'avaient fait prendre cette direction. J'en payais maintenant le prix de ma santé mentale. Je devais donc me choisir. Pas facile de convaincre Paul que je devais quitter un emploi stable pour devenir traductrice autonome. J'avais un urgent besoin de faire ce que j'aimais vraiment. J'avais besoin de me sentir libre et de relever de nouveaux défis.

« Chaque fois que je pensais à ma nouvelle vie, je me sentais renaître et je voyais une lumière au bout du tunnel. Chaque fois que je replongeais dans ma réalité, je sombrais à nouveau dans le désespoir. Mes collègues de travail ne me facilitaient pas la tâche. Je recevais des cartes de souhaits me disant « Reviens-nous rapidement ». J'étais déchirée. Je me sentais écrasée. C'était comme si on m'avait attaché des blocs de béton aux pieds. Malgré tout, une force inconnue me poussait à faire ces changements. Paul menaçait de me quitter car, disait-il, nous avions pris l'engagement d'acheter la maison ensemble. Je comprenais mal sa réaction. Pour la première fois de ma vie, je me choisissais. Je donnai ma démission. Je vivais un rêve. Je n'oublierai jamais le petit mot de ma directrice de service. Elle me prédisait une belle réussite. Je n'avais qu'à y mettre les mêmes efforts que lorsque je travaillais pour elle. De plus, mon médecin essayait de me rassurer en me disant que je pourrais toujours compter sur mon travail de secrétaire comme bouée de sauvetage. Mais je savais, au fond de moi, que je ne serais jamais plus secrétaire. Une rencontre avec une conseillère en orientation, quelques années auparavant, m'avait aidée à accepter que je pourrais gagner ma vie avec l'écriture. C'était pour moi toute une révélation. L'idée avait commencé à faire son chemin.

« Pour me refaire une santé, j'essayais de méditer, de lire et de marcher le plus souvent possible. Mes efforts de réseautage ont fini par porter fruits, puis environ trois ans après avoir démarré mon entreprise, je pouvais enfin dire que j'étais capable de vivre de ma profession. »

Frédéric offrit à nouveau à Julia d'aller lui chercher quelque chose à boire :

– Un café ? un thé ? une tisane ?

– Une tisane, ça ira.

Frédéric revint avec deux tasses de tisane brûlante et questionna à nouveau Julia.

– Tu n'as pas été hospitalisée cette fois-là ? Qu'est-ce qui s'est passé par la suite pour que tu en arrives là ? lui demanda Frédéric, semblant toujours plus intéressé.

– Deux ans plus tard, j'ai vécu l'expérience la plus difficile de toute ma vie. La veille du Jour de l'An, nous n'avons pas célébré la fête de maman. Nous l'avons reportée au lendemain. Il n'y avait rien de joyeux ce jour-là. Je me suis retrouvée seule avec elle après le repas, et elle s'est mise à pleurer en relisant ses cartes de souhaits. Elle m'a raconté que depuis deux nuits dans ses rêves, son père l'invitait à venir le rejoindre.

« Plus tard, papa me confia qu'elle se tordait de douleur au réveil le matin. Il m'a aussi dit l'avoir trouvée, un matin, couchée par terre dans son boudoir, froide et raide comme une morte. J'aurais voulu lui trouver de l'aide. Je sentais bien qu'elle était rongée par des idées noires et des pensées suicidaires.

« J'aurais tellement aimé que cessent les mensonges. Je ne saurai jamais ce qu'aurait pu être notre relation si elle n'avait pas eu ce problème d'alcool. Mon désir de la sauver refaisait à nouveau surface. J'étais si naïve. J'avais besoin d'aide, et elle aussi. La petite fille en moi avait encore besoin de sa maman. J'avais peur de me retrouver seule. J'avais peur de la voir souffrir. J'étais quand même prête à la laisser partir si c'était pour lui permettre d'en finir avec ses souffrances physiques et morales.

«J'étais toujours triste quand je pensais à mes parents. L'idée de les perdre m'était insupportable. Je n'aimais pas les voir souffrir. Je voulais tellement croire au miracle. J'appelais à l'aide, car j'étais impuissante devant la douleur de maman. Je me rendais bien compte que c'était une tâche impossible. Faire le deuil de sa présence voulait dire faire aussi le deuil de son amour. Le départ de maman m'a foudroyée. Je n'étais vraiment pas préparée pour ce qui m'attendait. J'ai tellement pleuré...

«Environ, un mois et demi plus tard, maman fit un accident vasculaire cérébral. Papa m'a téléphoné un samedi matin, à huit heures, pour me dire que maman était paralysée du côté gauche et qu'il ne savait pas trop quoi faire. Je me suis habillée en vitesse, et Paul m'a conduite chez mes parents.

«Tout au long du trajet, j'avais la nausée et le souffle coupé. C'était comme si je la savais déjà condamnée dans mon inconscient. Quand nous sommes arrivés, je suis entrée dans la maison et je me suis dirigée dans son boudoir où elle était étendue, j'ai eu le choc de ma vie. Comment se pouvait-il que maman en soit rendue là ? Même si je tentais de contrôler mes émotions du mieux que je pouvais, j'étais terrifiée.

«J'ai appelé le 9-1-1. La personne à l'autre bout du fil m'a posé quelques questions pour m'assurer qu'une ambulance serait là dans quelques minutes. Maman était consciente, mais elle avait énormément de difficulté à s'exprimer. Elle semblait plus ou moins réaliser ce qui se passait. Elle l'était suffisamment par contre pour ne pas vouloir accompagner les ambulanciers à l'hôpital lorsqu'ils sont arrivés. Ils ont diagnostiqué l'AVC et ont dû la déménager dans la pièce d'à côté pour que le médecin d'Urgence Santé la convainque d'aller à l'hôpital. Elle a finalement accepté.

« Papa est monté aux côtés de l'ambulancier conducteur, et moi, je me suis installée avec maman dans l'ambulance. Je lui ai tenu la main tout au long du trajet jusqu'à l'hôpital.

« Une fois arrivés, nous sommes passés immédiatement. Le médecin lui installa un soluté et lui fit des radiographies et un scanner. Je n'arrivais pas à me faire à l'idée de ce qui venait de se passer. Évidemment, le mdecin décida d'hospitaliser maman.

« De retour à la maison avec mon père, je me suis mise à astiquer le comptoir de leur cuisine, comme si je devais absolument faire quelque chose pour fuir ce mauvais rêve éveillé. Paul est venu me rejoindre avec Patrice, et nous avons soupé avec papa. En soirée, Paul et moi sommes retournés voir maman à l'hôpital. J'avais énormément de difficulté à m'habituer à l'odeur de sa maladie. Ce soir-là fut la dernière fois que j'ai vu maman consciente et que j'ai pu lui parler. Je lui ai dit qu'elle devait prendre du mieux et guérir si nous voulions aller voir *Notre-Dame-de-Paris* ensemble. Elle a répondu qu'elle le savait, d'une voix presque inaudible.

« Cette nuit-là, j'ai eu beaucoup de difficulté à dormir. Je ne pouvais pas m'empêcher de penser à elle. Je craignais un appel de l'hôpital. Suite aux résultats du test au scanner, le médecin avait été catégorique : maman souffrait d'un cancer et d'une cirrhose du foie. Il n'y avait aucune chance qu'elle s'en sorte. J'étais effondrée. J'avais peur de mourir. Les dix jours d'agonie de maman ont aussi été les miens. Je ne dormais presque plus. Je ne mangeais presque pas. Je maigrissais à vue d'œil. Je passais quelques heures par jour chez moi pour exécuter les quelques contrats qui étaient sur ma table de travail. Le reste du temps, j'étais chez mon père avec Paul et Patrice.

« Le dimanche suivant son hospitalisation, maman est devenue très confuse. Papa était revenu très bouleversé de sa visite auprès d'elle en après-midi. Paul et moi, nous étions rendus le même soir pour la visiter, et à partir de ce moment-là, maman plongea dans un profond coma dont elle ne ressortit jamais. Je suis allée la voir à deux ou trois reprises avec papa et Paul. J'étais incapable de l'imaginer dans un état aussi lamentable. Patrice n'est jamais venu la voir. Elle nous avait bien demandé de ne jamais l'amener à l'hôpital. Elle avait perdu tellement de poids. Il ne lui restait que la chair et les os. Elle avait le teint jauni à cause de son cancer et de sa cirrhose du foie. J'avais peur de m'approcher d'elle. J'avais peur que la mort ne m'agrippe et que je ne puisse plus jamais m'en défaire. L'odeur de la Mort me terrifiait.

« Paul, Patrice et moi, avions emménagé chez mon père, car il était incapable de rester seul la nuit. Une fois de retour chez moi, le lundi matin suivant, je me suis tout de suite précipitée au Centre des femmes. Les travailleuses du Centre m'ont appris que ma mère devait avoir beaucoup de colère enfouie en elle si elle avait le cancer du foie. Leur parler m'aidait à accepter la situation. Je devais m'attendre au pire. La fin était proche. J'avais le cœur sens dessus dessous.

« À l'une de mes visites à l'hôpital, l'infirmière m'avait invitée à lui chuchoter à l'oreille que je la laissais partir, qu'elle pouvait se laisser aller. Mais j'étais incapable de m'approcher de maman. J'étais paralysée par la peur. Alors, l'infirmière l'avait fait à ma place. J'avais quand même pu rester au pied de son lit pour lui dire que je lui pardonnais tout et qu'elle n'avait plus à s'en faire pour moi, que ça irait, qu'elle pouvait aller rejoindre la Lumière et être enfin libre de ce qui la tourmentait sur terre.

«Je me sentais coupable de ne pas être à son chevet. Une des travailleuses du Centre des femmes m'avait suggéré de lui parler d'âme à âme. Cette conversation, même à distance, pouvait lui être d'un grand réconfort. Je me souviens que je m'assoyais sur le sofa du salon chez mes parents, à côté du futon où Paul et moi campions, et à quelques reprises, je lui avais parlé pour lui dire combien je l'aimais et que je comprenais qu'il fallait la laisser partir.

«À deux reprises durant la semaine où maman était à l'hôpital, l'infirmière a téléphoné pour m'aviser qu'elle n'en avait plus pour longtemps. Mais j'étais incapable de me rendre au chevet de maman. L'infirmière ne m'a jamais dit que maman me demandait, seulement que sa fin était proche. Je n'avais pas la force de me retrouver à ses côtés pour la voir s'éteindre définitivement. Le samedi avant qu'elle ne meure, elle avait été transférée de chambre lorsque nous sommes allés la visiter. Ne lui ayant pas rendu visite le jour suivant, je m'étais bien promis de prendre mon courage à deux mains et d'aller la voir le lundi. Seulement, après le dîner, avant que je ne parte pour l'hôpital, le téléphone sonna. C'était fini.

«Maman est décédée le 22 février 1999 à midi. Encore sous le choc, assise à la table de cuisine chez mon père, la seule chose que j'ai pensé faire pour exorciser ma grande peine fut de lui écrire... »

– Quand je t'écoute parler, avoua Frédéric, j'ai l'impression de revivre le départ de mon père. Ça fait presque vingt ans qu'il est mort et c'est encore comme si c'était hier... Je pense aussi à ma séparation avec Claudine... Je me sens si seul parfois. Claudine et moi avons été ensemble pendant dix ans. Le citron était pressé, faut croire que l'amour n'était plus assez fort. On s'est laissés sans jamais chercher à se retrouver. Depuis, il n'y a eu personne d'autre dans ma vie. Bien sûr, il y a eu des histoires d'un soir, mais rien d'autre, rien de vrai, pas d'amour véritable. Je vois un thérapeute depuis quelques mois, pour essayer de me sortir de mon mal de vivre... Mais...

– Vraiment ? lui lança Julia, surprise que Frédéric se confie à elle soudainement.

– C'était cela ou je me faisais la peau. Un soir en revenant de faire une présentation, j'ai essayé de me lancer en bas du pont avec ma voiture. Je n'avais pas bu... J'étais seulement très découragé, un grand désespoir m'habitait. J'ai eu vraiment peur, je n'ai pas pu me rendre jusqu'au bout de mon geste... Tu as la chance d'avoir un mari qui t'aime et un fils qui a besoin de ses deux parents; ça, c'est du solide. C'est important. Il n'est jamais trop tard pour repartir sur des bases solides, Julia.

Julia regarda sa montre, c'était l'heure maintenant. Elle avait accepté l'offre de Frédéric qui allait la déposer au métro, à deux rues de son appartement. En vingt minutes, elle serait rendue à la station de métro Radisson à l'autre bout de la ville pour enfin retrouver Paul et Patrice. Julia sortit la première. Frédéric ferma la porte. Julia tenait son sac d'une main et sa valise de l'autre.

Elle avait hâte de rentrer chez elle et de retrouver ses choses. Ils montèrent dans la voiture garée au stationnement intérieur de l'immeuble de Frédéric, puis quelques minutes plus tard, ils étaient déjà rendus au métro Peel.

Au moment de descendre de la voiture, Julia trouva la séparation difficile. Leur mal de vivre réciproque les avait rapprochés d'une manière différente cette fois-ci, la passion cédant la place à une véritable communion d'âmes. Julia n'embrassa pas Frédéric, elle passa simplement sa main sur sa joue en lui disant merci avec des larmes dans les yeux. Elle ne voulait plus se retrouver dans la même situation qu'avant. Pendant un millième de seconde, elle pensa que leurs chemins venaient de se croiser et de se séparer à nouveau, mais pour de bon.

Juste comme elle allait ouvrir la portière, Frédéric la retint en lui donnant timidement une enveloppe. Elle sentit l'hésitation dans sa voix :

– Tiens, tu liras ça quand tu auras une minute… Un de ces jours…

Julia resta bouche bée. L'émotion lui serrait la gorge. La vue embrouillée par les larmes, elle remercia à nouveau Frédéric, puis descendit de la voiture. Une fois rendue dehors, Julia prit une grande bouffée d'air pur et s'engouffra dans la station de métro. •

Le retour de la femme prodigue

Le voyage en métro lui parut interminable. Paul l'attendait devant la voiture lorsqu'elle sortit de la station Radisson. Paul l'accueillit en la serrant dans ses bras. C'était bon. C'était chaud. C'était doux. Ils ne parlèrent pas. L'envie de leurs deux corps était toujours aussi présente. Patrice était assis à l'arrière dans la voiture, il sortit et s'élança dans les bras de sa mère et s'agrippa à son cou.

– Ne pars plus aussi longtemps, Maman, lui dit l'enfant que Julia serra fortement sur son cœur.
– Je vais tout faire pour que ça n'arrive plus, je te le promets, lui répondit Julia, bouleversée par toutes ces retrouvailles émouvantes.

Julia était rassurée. Son fils et son mari ne l'avaient pas oubliée. Comme il faisait bon les retrouver !

***

La maison n'avait pas changé. Julia s'y sentait toujours aussi bien. Ce soir-là, lorsque Patrice fut endormi, Julia et Paul se retrouvèrent enfin après deux mois d'éloignement. Julia savait que sa rencontre avec Frédéric l'avait vraiment aidée, cette fois-ci, à faire le deuil de cette période de sa vie.

Paul la caressa si tendrement, si doucement, il embrassa chaque partie de son corps avec une telle sensibilité jusqu'à ce que chacun puisse jouir du plaisir de ces retrouvailles tant espérées. Après qu'ils eurent fait l'amour, Julia fut inspirée d'écrire à son homme combien son amour était fort et grand, malgré leur séparation des derniers mois.

Ton corps j'avais oublié,
Ta peau j'avais oubliée,
Ton souffle j'ai enfin retrouvé,
Ta chaleur j'ai enfin retrouvée.

Je m'étais éloignée.
Était-ce pour mieux apprécier
Tout ce que tu représentais pour moi,
Une fois que je serais sortie de mon désarroi?

***

Quelques jours après son retour à la maison, Julia reçut un appel de son amie d'enfance, Suzie, qui avait perdu ses parents à l'adolescence, à une année d'intervalle chacun, ainsi que deux frères et une sœur dans la fleur de l'âge. Elle s'enquit de Julia et de ce qui s'était passé dans la vie de celle-ci ces derniers mois. Lorsque Julia lui confia qu'elle avait de la difficulté à faire le deuil de sa mère, Suzie lui suggéra la lecture du livre de Jean Montbourquette, *Grandir*. Ce dernier lui avait été d'un très grand réconfort, surtout après le départ de ses frères et de sa sœur.

Aussi, lors de la visite de Julia au Centre des femmes de son quartier le même jour, les travailleuses lui référèrent une thérapeute qui se spécialisait dans le deuil. La thérapeute lui confirma que le deuil de sa mère serait certainement l'épreuve la plus difficile qu'elle n'aurait jamais à traverser. Julia devait non seulement faire le deuil de sa mère, de celle qui lui avait donné la Vie, mais aussi de la mère qu'elle avait idéalisée et qui avait sombré dans l'alcoolisme. Elle aurait un double deuil à faire. Durant certaines périodes plus nostalgiques, Julia s'imaginait réalisant le dernier rêve de sa mère avant de mourir, celui d'aller voir le spectacle de *Notre-Dame-de-Paris*.

La foule applaudissait et criait bravo. Les gens dans la salle étaient éblouis devant tant de magie et de grandeur. Notre-Dame-de-Paris triomphait sur la scène montréalaise. Julia était muette, incapable de crier. Triste et comblée tout à la fois, elle avait la photo de sa mère avec elle. Elles devaient voir ce spectacle ensemble. Julia voulait même lui offrir des billets pour la fête des Mères, mais sa mère était partie trop tôt, beaucoup trop tôt. Julia ne pouvait s'empêcher de repenser à nouveau aux dernières paroles échangées avec sa mère à l'hôpital. C'était devenu une véritable obsession pour Julia.

— Quand tu sortiras d'ici, Maman, nous irons voir Notre-Dame-de-Paris *ensemble.*

Mais la Mort l'avait emportée avant qu'elle ne puisse réaliser ce rêve, comme tant d'autres. Sa mère était là maintenant avec elle, délivrée de son corps et de sa souffrance. C'était plus fort que Julia, elle la sentait présente. Julia était triste, mais elle ressentait aussi comme un début de paix intérieure.

Le deuil

Un jour, lors d'une de ses rencontres avec la thérapeute du deuil, Julia lui avait confié à quel point elle était anxieuse la première fois qu'elle avait rendu visite à sa mère au mausolée du cimetière.

« Deux mois jour pour jour après le décès de maman, j'avais décidé d'aller lui rendre visite. Papa avait choisi une niche près d'une fenêtre à mi-hauteur; les hauteurs étaient la phobie commune de mes parents. J'étais partie en autobus après le déjeuner pour me rendre au cimetière. Tout au long du trajet, les jambes me tremblaient et j'avais le cœur chaviré. Une fois descendue de l'autobus, à l'entrée du cimetière, j'avais l'impression que la peur m'empêchait d'avancer. Chaque pas était un effort presque surhumain. J'avais la trouille. Le cœur me débattait. Je me sentais faible, étourdie. Je n'allais pas bien du tout.

« À mi-chemin, je vis une dame qui marchait dans l'allée à ma droite. Je décidai d'aller vers elle pour lui demander si je pouvais seulement marcher à ses côtés jusqu'au mausolée où maman se trouvait. Elle avait accepté d'emblée et nous avions commencé à parler. La dame venait voir son mari enterré dans une allée non loin de là. Je lui confiai que ma mère était décédée il y avait deux mois, qu'elle n'avait que soixante-dix ans et qu'elle avait un problème d'alcool. Comme je n'arrivais pas à contrôler mes émotions, j'avais fondu en larmes. Elle me dit qu'elle comprenait très bien ce que je vivais, car son mari aussi était alcoolique. Au moment de me quitter, elle me rassura en me disant que tout allait bien aller, de ne pas m'en faire, et elle me serra dans ses bras.

«Je pus continuer ma route jusqu'au mausolée. Une fois devant la niche de maman, j'étais encore toute bouleversée par la rencontre inusitée que j'avais faite, mais qui m'avait permis d'arriver jusque-là. Je me suis recueillie, je parlai à maman pour lui dire que j'arrivais difficilement à m'en sortir, mais que malgré tout, j'étais confiante qu'un jour je verrais la lumière au bout de mon tunnel. Je lui promis de revenir la voir bientôt.»

Le quotidien

Julia avait lentement repris ses activités et travaillait quelques heures par jour à son bureau. Quelquefois, elle se retrouvait encore à regretter le temps perdu à vouloir rendre sa mère heureuse. Depuis le départ de celle-ci, elle s'était approprié son impuissance à vivre. Sa mort lui était tellement insupportable qu'elle donnait vie à ses angoisses à travers elle. La souffrance de sa mère était devenue la sienne. Elle s'était tellement défendue à vouloir être forte qu'elle en avait oublié de se développer et de vivre sa vie.

Quand arrivait le temps de créer, Julia perdait toute confiance, et au premier obstacle, elle déprimait. Vingt jours avant que sa mère ne décède, Julia avait publié un petit recueil de poèmes à compte d'auteur. Il contenait des textes écrits de 17 à 42 ans. Elle ne s'était pas donné le droit de vivre la beauté du moment puisque sa mère n'allait pas bien du tout. Évidemment, ses parents n'avaient pas assisté à son lancement, mais Paul, Patrice et quelques membres de sa belle-famille étaient là, en plus du groupe d'écriture qu'elle animait au Centre des femmes.

Julia se souvenait encore que, deux ou trois jours après ce lancement, elle avait visité sa mère et lui avait apporté un oeillet recueilli ce soir-là. Julia lui avait également montré les photos prises lors de cette soirée. Sa mère avait regardé celle où Julia était assise à la table avec ses recueils et avait dit : « Une vraie femme d'affaires ! ». Ces seules paroles l'avaient touchée profondément. Julia sentait que sa mère était fière d'elle et de ce qu'elle commençait à peine à accomplir. Ces paroles avaient été si importantes pour elle !

Au cours des mois qui suivirent le décès de sa mère, Julia aurait aimé vivre pour mieux renaître à elle-même. Elle n'y arrivait tout simplement pas. Elle n'avait pas confiance en elle... Il y avait de ces jours où elle se sentait coincée dans son corps. Elle avait mal. La solitude lui faisait si peur. Elle se sentait comme ces chiens, à la merci de leurs maîtres, qui préféraient les coups à l'indifférence. Elle avait si mal qu'elle ne pouvait même pas haïr sa mère. Elle se sentait en sevrage. Malgré tout, elle pouvait enfin dire que sa mère avait été « alcoolique », mot qu'elle n'avait jamais osé prononcer lorsque celle-ci était vivante.

***

Les souvenirs refaisaient constamment surface depuis son retour parmi les siens. Un matin que Julia était en train de faire des achats à la pharmacie, elle se souvint tout à coup d'un soir alors qu'elle était étudiante au cégep. Elle était couchée par terre à supplier sa mère d'arrêter de crier et de faire des scènes de jalousie à son père. À cette époque, la bibliothèque du cégep et les salles de cours étaient ses seuls refuges. Elle éprouvait une immense paix au milieu du silence et des livres. On ne la battait pas avec les mains, mais avec des paroles, des cris, des gestes...

Peu de temps après cet épisode, Julia s'était retrouvée le corps couvert de plaques rosées qui « piquaient et grattaient », comme disaient les enfants. Sa mère l'avait immédiatement amenée voir le dermatologue qui avait parlé de psoriasis rosé de Gibert. Julia ne savait pas, à ce moment-là, que son corps lui parlait. Elle ne comprenait pas son message. Maudite bouteille ! Elle avait longtemps pensé que sa mère la préférait à elle, et pourtant, elle savait bien que sa mère l'aimait même si, pendant tout près de trente ans, l'alcool avait été sa béquille. Julia avait longtemps eu horreur de tout ce qui s'appelait alcool. La présence autour d'elle de gens qui buvaient la traumatisait. Elle lui rappelait son impuissance à pouvoir sauver sa mère, à la guérir de son mal.

Mère, pourquoi m'as-tu abandonnée ?

La grande tristesse qui envahissait Julia aujourd'hui était insupportable. Son hospitalisation des deux derniers mois n'avait rien changé à ce qui bouillonnait en elle. Julia avait le cœur meurtri. Il lui arrivait de plonger la tête dans son oreiller pour crier son désarroi. Elle avait un tel besoin d'être consolée dans son mal de vivre. Elle cherchait à être bercée. Elle criait le nom de celle qui l'avait mise au monde du bout de sa nuit. « Maman ! Maman ! Maman ! ». Quand elle laissait venir l'émotion, une fois la tempête terminée, elle revoyait l'image de sa mère, assise à la table de cuisine lui disant de ne pas abandonner. Alors, Julia reprenait espoir de guérir un jour, de grandir et de comprendre enfin le mal de vivre qui la rongeait.

Certains jours, Julia pleurait, d'autres, elle riait. À des moments, elle s'aimait, à d'autres, elle se détestait. Même si son insécurité refaisait à nouveau surface, elle savait au fond d'elle-même qu'elle ne pouvait plus revenir en arrière. Pourquoi s'était-elle si souvent sentie inférieure aux autres, surtout lorsqu'on l'invitait au restaurant pour la Journée des secrétaires ? Elle avait déjà refusé un apéro offert par sa directrice de service lui ayant demandé s'il ne lui arrivait pas à l'occasion de prendre un verre de vin. Répondre à cette question aurait exigé qu'elle parle de l'alcoolisme de sa mère, de cette face cachée enfouie au plus profond de son âme : SON SECRET. Mais elle n'était pas prête.

Était-ce possible pour un enfant d'alcoolique de célébrer avec l'alcool ? La vue d'une bouteille lui donnait encore la nausée. Elle lui rappelait toutes celles que sa mère terminait. En fait, tout ce qui touchait à l'alcool la terrorisait. Julia fuyait les fêtes d'amis et les 5 à 7. Adolescente, elle ne comprenait pas pourquoi sa mère n'arrêtait pas de boire devant ses supplications. Bien des années plus tard, Julia cherchait encore la raison pour laquelle sa mère s'était perdue dans l'alcool.

Descendant d'une mère alcoolique, et d'une grand-mère tout aussi fragile, qui dépendait des médicaments pour guérir son mal de vivre, Julia voulait que cesse cette chaîne interminable. Le mal de vivre de sa mère et de sa grand-mère avait été si grand, Julia voulait que s'arrête cette souffrance. Elle voulait les honorer et elle reconnaissait maintenant qu'elle n'aurait pu faire mieux à leur place. Julia cessait de les juger et acceptait sa réalité.

***

Pour comprendre son mal de vivre, Julia se remit à l'écriture. Un après-midi qu'elle allait rendre visite à son père, dans le métro qui l'amenait chez lui, Julia s'était mise à écrire, histoire de voir clair dans ses pensées, de se décharger le cœur des émotions troubles qui l'habitaient.

Quand Jésus sur sa croix disait : Père, pourquoi m'as-tu abandonné ? *Il criait son désespoir d'homme souffrant et désemparé.*

Quand j'ai mal de toi, Maman, il me semble ressentir une souffrance telle que j'ai le goût, moi aussi, de crier : Mère, pourquoi m'as-tu abandonnée ? *J'ai parfois l'impression que tu m'as abandonnée quand j'avais le plus besoin de toi, à l'aube de devenir moi-même une adulte. Tu avais pourtant l'air si heureuse sur la photo prise dans une machine avec moi, alors que j'avais environ quatre ans, et une dent en moins...*

Aujourd'hui, je me demande si jamais je saurai quelle souffrance t'a brisée de la sorte pour que tu aies envie de te détruire. Tu devais souffrir terriblement. Pourquoi ne prenais-tu pas soin de toi ?

Je me suis toujours sentie en train de nager en eau trouble pour survivre, pour retrouver l'enfant en moi qui ne voulait pas prendre trop de place. Je m'accrochais à l'espoir de jours meilleurs. « Tomorrow's another day » *disent les Anglais. Ma petite fille a beaucoup souffert de ne pas faire de musique, de ne pas avoir publié de roman comme elle le rêvait lorsqu'elle était adolescente... Je n'avais pas confiance en moi. Je n'avais plus d'énergie pour moi à force de combattre pour survivre au sein de votre tempête, à toi et papa. Arrive un jour où l'esprit et le corps s'essoufflent. Je le sais trop bien maintenant.*

***

Depuis que Julia était revenue de son séjour à l'hôpital, Paul et elle n'avaient pas vraiment reparlé des deux derniers mois, de leur éloignement forcé. Un soir que Paul rentrait du bureau, Julia vit dans les yeux de celui-ci une grande tristesse. Ils échangèrent un regard renfermant l'immense peine qui les avait tous deux habités à cause de leur séparation momentanée. Un mal inassouvi et une blessure jamais guérie. Ils pleurèrent dans

49

les bras l'un de l'autre jusqu'à ce qu'ils sentent un désert les envahir. Leurs vies venaient de changer à tout jamais. Leur amour commençait à se transformer en quelque chose d'extraordinaire, de plus fort, de tout à fait inexplicable...

Pardon

La vie reprenait un semblant de normalité. Parfois, le matin, avant de commencer à travailler, Julia prenait du temps pour se replonger dans ses carnets.

Chère maman,
Je me demande parfois qui sont les autres femmes alcooliques ? Sont-elles des femmes que nous côtoyons au travail, des femmes célèbres qui se cachent derrière ce masque ? Sont-elles mes amies n'osant pas m'avouer leur problème de peur que je ne les juge ? Puis, il y a toi, celle qui m'a donné la Vie. Comme il m'a été difficile d'arriver à accepter ton alcoolisme ! J'ai toujours su que tu souffrais énormément et que tu cachais derrière ton masque une très grande détresse. Nous étions liées, toi et moi, par une telle tendresse, mais aussi par une douleur intense, un mal de vivre impossible à décrire parfois. Avais-tu aussi peur que moi ? J'ai toujours été tourmentée parce que je n'avais pas pu donner ma vie pour te sauver. Nous étions des proies idéales pour les dépressions à répétition. Lorsque je suis devenue mère à mon tour, j'ai cru comprendre pourquoi l'alcool avait fini par être le seul baume pour apaiser ta grande douleur, celle que tu ressentais si vivement au fond de ton âme. Je t'aime, Maman. Je te pardonne tes humeurs, tes peurs, ta détresse, et je me pardonne aussi d'avoir pensé que j'aurais pu te sauver.

***

Un dimanche après-midi, alors que Patrice était allé jouer chez des amis, Julia et Paul s'étaient mis à parler. Julia sentait le besoin de se confier à Paul qui lui prêtait une oreille plus attentive depuis son retour.

– Plus les années passent, plus je vieillis, et plus je crois comprendre ce que ma mère ressentait et pourquoi elle réagissait ainsi : sa jalousie, sa déprime, ses angoisses, son inquiétude, sa grande fatigue, son stress, son problème d'alcool. Lorsque je pense à toutes les tâches qu'elle accomplissait dans une journée, c'était incroyable. La maison, son travail avec papa, et moi par-dessus tout cela ! En plus, sa relation avec sa mère n'avait rien de rigolo. Avec le caractère fougueux de maman, une chicane pouvait éclater pour tout ou pour rien avec sa mère tout comme avec mon père.

Patrice revint à la maison plus tard. Pendant que Paul et lui faisaient une partie d'échecs au salon, Julia se retira dans sa chambre en toute tranquillité pour lire un peu avant de préparer le repas du soir. Elle prit son livre, une enveloppe tomba par terre. C'était celle que Frédéric lui avait remise lorsqu'il l'avait conduite au métro le jour de leurs retrouvailles. Julia avait oublié l'avoir placée à cet endroit. Frédéric avait probablement écrit ce mot alors qu'il était allé faire la tisane à la cuisine ou lorsqu'elle était à la salle de bain, ils avaient passé si peu de temps ensemble. Julia s'assit dans son fauteuil et l'ouvrit.

Ma très chère Julia,
J'ai beaucoup hésité avant d'écrire cette lettre. J'avais peur
d'avoir mal et de te faire du mal. Je regrette tout le mal que
je t'ai fait dans le passé, je t'en demande pardon.

Pourquoi ai-je été aussi aveugle ? Pourquoi t'ai-je laissé
passer dans ma vie sans m'arrêter pour te porter attention,
pour t'écouter ? Je te demande pardon, Julia…

Frédéric

Ce soir-là, Julia eut du mal à trouver le sommeil, elle
qui croyait que les retrouvailles avec Frédéric lui avaient
permis de mettre un terme définitif à sa relation imaginaire. Pour exorciser cette relation jamais amorcée, Julia
se réfugia dans la salle de bain pour écrire et laisser place
au fantasme du passé.

J'ai soif de ta joue que j'ai à peine effleurée.
J'ai soif de ta bouche que j'ai à peine goûtée.
J'ai soif de tes mains que je voudrais encore et encore caresser.
J'ai soif de ta peau qu'il serait bon d'explorer…

***

Le lendemain soir, l'insomnie vint à nouveau hanter
Julia, qui n'arrivait toujours pas à se sentir en paix.
L'écriture lui sembla à nouveau le seul moyen de ressen-
tir un semblant de soulagement et de réconfort.

Je ne peux pas dormir cette nuit. J'ai le cafard, les nerfs en
boule. Il y a Paul et Patrice. Il y a toi, Maman, et il y a moi.
Et toute cette culpabilité… Je te pardonne tes « non », Maman,

quand j'aurais voulu t'entendre me dire « oui ». Je te pardonne de m'avoir trop couvée. Était-ce par peur de perdre ce que tu avais de plus précieux au monde ?

Je me pardonne d'avoir tout laissé tomber au nom de l'Amour. Je me pardonne de ne pas m'être aimée suffisamment à une certaine époque. Je me pardonne de ne pas avoir assumé mes choix. Je me pardonne de ne pas avoir pris assez de risques. Je me pardonne d'avoir trop écouté les autres, et non mon intuition. Je me pardonne d'avoir trop pensé à ce que les autres allaient dire. Je me pardonne mes erreurs et j'essaie d'apprendre de celles-ci. Je me pardonne et j'accepte de ne pas être parfaite. J'essaie seulement de faire de mon mieux.

Crier sa peur

Lorsque Julia se leva le lendemain matin, elle se sentait plus fatiguée que d'habitude. Elle croyait savoir pourquoi. Habituellement, elle ne se souvenait pas de ses rêves mais, depuis un certain temps, ils lui revenaient très clairement à l'esprit dès son réveil. Avant son déjeuner, elle décida de mettre sur papier celui qu'elle venait tout juste de faire afin de se libérer l'esprit.

En rentrant chez moi ce jour-là, je ressens le besoin de m'évader du monde qui m'entoure. J'arrive à la maison, je me change, j'enfile mon pull, mon jeans et mon manteau. Je prends les clés de ma voiture, accrochées au mur. Je sors de la maison sans toutefois oublier de mettre le système antivol sous tension. Je monte dans ma voiture neuve. Elle est grise et de fabrication japonaise. Elle sent encore « le neuf ». Il est treize heures, et j'ai tout mon temps. Je n'arrive pas à réaliser que j'ai quitté le bureau plus tôt aujourd'hui, feignant un malaise. Je ne me croyais pas capable de faire une chose pareille, moi qui dis toujours la vérité. Tout à coup, j'ai changé. J'avais envie d'être seule. J'ai dans le cœur tellement de chagrin, de peine, de peurs et de colère.

L'automne est commencé. Le temps est ensoleillé, malgré un vent frisquet. J'emprunte le boulevard Gouin pour m'arrêter à une halte de piste cyclable. Je sais que je trouverai là un coin paisible pour me ressourcer. Je me retrouve dans la nature, à quelques minutes de chez moi, seule avec moi-même, avec une sorte d'infini, loin du regard des autres, loin des paroles auxquelles je suis de plus en plus sensible à cause de ma condition fragile de révoltée de la vie. Je remets soudain toute ma vie en question, jusqu'à mes convictions les plus profondes. Je sens le vent me caresser le visage et le soleil me réchauffer le dos. Assise sur l'un des bancs du parc, je suis venue crier ma peur, ma peine, mon deuil.

Comme j'ai mal! et surtout hâte de ne plus souffrir aussi atrocement! Je regarde autour de moi. Il n'y a absolument personne. Je suis bel et bien seule, enfin. Je regarde la rivière qui semble figée comme mon cœur depuis bien des années. Les larmes me montent aux yeux, et je prends ma tête entre mes mains pour enfin crier mon désespoir. Un seul cri s'échappe de ma bouche, de ma gorge, mais surtout de mes entrailles endolories par le sentiment d'avoir raté ma vie, qui prendra prochainement un autre tournant. Lorsque j'aurai exorcisé les démons qui me hantent, lorsque j'aurai appris à vivre avec ma peur pour la canaliser davantage en une énergie positive et éliminer progressivement ce stress paralysant, repoussant, maladif, qui m'enlève trop souvent tous mes moyens lorsque vient le temps d'agir pour moi, de poser des gestes importants qui peuvent changer toute ma vie et celle des autres. Je fléchis les genoux et je m'écroule sur le sol dans un amas de feuilles fraîchement tombées; je reste là, recroquevillée comme un embryon dans le corps de sa mère, à me demander si je vais continuer à vivre longtemps ainsi ou si je vais mourir de rage? Aurai-je la force de continuer? De laisser sortir tout mon désespoir, tout le mal que mon âme ressent et refoule depuis presque toujours? L'incassable résistera-t-elle encore longtemps à tous les autres chocs vaillants qui n'attendent qu'un simple coup de vent pour frapper?

Crier ma haine, ma peur, ma révolte m'a fait du bien. J'avais en quelque sorte besoin de m'extérioriser. Je ressens soudain une fatigue extrême, une grande lassitude, une sorte de profond désarroi face à la grande solitude que je vis loin de tout un chacun.

Je reste tout l'après-midi dans le parc de cette halte de délivrance pour y marcher et y observer la nature si fragile, que l'homme a si mal aimée, que j'ai moi-même eu du mal à conserver, si ignorante des questions écologiques. Pauvre nature incomprise par l'Homme, qui a toujours voulu la transformer et se l'approprier ! La nature n'a plus sa liberté. Quelle affreuse constatation ! Et de mon côté, m'étais-je déjà accordé un seul moment de répit ? Je regarde ma montre, elle marque quinze heures quarante-cinq, et je décide de partir. Je retourne vers ma voiture et rentre chez moi. Lorsque j'ouvre la porte, mon mari et mon fils sont déjà là et ne font aucun cas de mon arrivée, comme d'habitude. Ils ne savent pas que je viens de mourir un peu pour mieux renaître, plus forte, moins fragile, plus confiante, mais avant tout, fière de devenir ma vraie mère... Je prends ma petite fille par la main et je la fais grandir. Je lui donne tous les moyens pour qu'elle devienne celle que je rêve d'être depuis toujours, pour m'épanouir, me réaliser et enfin VIVRE...

***

Rentrant chez elle un jour après être allée faire l'épicerie, Julia, qui faisait rarement la sieste durant la journée, s'étendit sur le canapé et sombra dans un profond sommeil de jour.

Sa mère était là, vêtue de son chandail rose en laine angora. Elle avait l'air bien. Elle avait l'air mieux. Elle semblait plus sereine. Elle s'approcha de Julia et lui dit : « Si j'avais su, je serais venue avant. »

Julia s'éveilla, regarda sa montre. Elle avait dormi une heure et avait rêvé à sa mère. Ce que cette dernière venait de lui dire dans son rêve la troublait tout en la rassurant. Sa mère était là pour elle. Elle lui donnerait la force de continuer sa route. Julia avait peur, mais elle savait qu'elle pouvait y arriver.

La fuite

Julia avait tant de projets plein la tête qu'elle n'arriva pas à fermer l'œil de la nuit. Elle se sentait pleine d'énergie quand elle aurait dû, en principe, avoir sommeil. Ce devait être l'adrénaline. Autant, elle avait peur de l'inconnu en ce moment, autant elle avait hâte de faire face à tous les nouveaux défis qui s'offraient à elle. Pour commencer, elle voulait reprendre sa place auprès de son fils. Lorsqu'elle était dans sa noirceur, elle avait si souvent pensé à lui. C'était à cause de lui qu'elle n'avait pas sombré encore plus bas, malgré son grand mal de vivre. Elle avait espoir de voir un jour la lumière au bout de son tunnel. Aussi, elle voulait recommencer à écrire en vue de publier son premier roman.

***

Julia sentait de plus en plus que sa plume l'aidait à calmer la douleur ayant pris racine dans toutes les cellules de son être. En fière guerrière qu'elle était devenue, incassable et fragile tout à la fois, elle avait rempli son sac à dos de la souffrance que portait sa mère en pensant pouvoir la guérir. L'ennemi avait gagné la première bataille puisque sa mère était allée au bout de son voyage aux enfers en emportant avec elle son secret et sa terrible souffrance. Aujourd'hui, Julia refusait de se laisser abattre plus longtemps, elle désirait continuer son combat. ELLE VOULAIT VIVRE.

**

Au printemps de l'année suivante, Julia reprit son petit train-train quotidien. Les contrats de traduction recommençaient à entrer. Elle avait même décidé d'assister à un déjeuner réseautage d'une association de femmes d'affaires. Il s'agissait d'une visite d'entreprise dans un centre de conditionnement pour femmes. Après la visite, il y avait eu une présentation sur la Technique Nadeau. Julia avait trouvé cette technique tellement intéressante qu'elle avait décidé de l'apprendre. À l'été, Julia et Paul suivirent une session avec une dame de leur quartier qui enseignait cette technique et que Julia avait d'ailleurs déjà rencontrée au Centre des femmes. Ces exercices redonnèrent beaucoup de vigueur et d'énergie à Julia qui se sentait de mieux en mieux chaque jour, autant dans son corps que dans sa tête.

**

La veille de Noël de cette même année, Julia et Paul décidèrent d'aller à la messe de minuit avec Patrice. Ils n'étaient pas très pratiquants, mais ils aimaient l'ambiance des chants religieux et du recueillement en cette période de l'année. Alors que Julia feuilletait le livret de prières avant la cérémonie, son attention fut attirée par un livre intitulé *Guérir d'un parent alcoolique*. Les quelques lignes de présentation de l'ouvrage ont vite fait de la convaincre qu'elle devait absolument lire ce livre. Dans les jours qui suivirent, elle le commanda et en commença rapidement la lecture. Ce livre fut une véritable révélation pour Julia.

À 42 ans, elle commençait enfin à comprendre ce qu'était l'alcoolisme. On lui avait toujours dit, et elle l'avait longtemps cru, que l'alcoolisme était une maladie. Et voilà que, dans cet ouvrage, on lui présentait une vision des choses qui, tout en la surprenant, lui plaisait davantage. Entre autres, les auteures, Paulette Chayer Gélineau et Fabienne Moreau, privilégiaient la définition qui voulait que l'alcoolisme soit une stratégie de fuite, une façon d'éviter d'avoir à faire face à des responsabilités, à des problèmes. Julia pouvait facilement relier cette explication à la vie de Simone, sa mère qui avait été « responsable » de ses parents toute sa vie durant, surtout en raison de leurs problèmes d'argent. Elle était même allée jusqu'à faire l'épicerie pour sa mère sans lui faire payer un sou, et ce, pendant quelques années.

Ces nouveaux éléments faisaient en sorte que Julia commençait à mieux comprendre l'IVRESSE dans laquelle sa mère avait plongé.

La révélation

Un mois plus tard, en assistant à une autre activité matinale de réseautage, Julia rencontra Andréa Beaurivage, une personne qui travaillait au niveau de l'image vestimentaire des femmes, mais qui avait aussi une autre corde à son arc, celle d'aider les gens avec leurs blocages émotifs. Julia sentait bien qu'elle faisait face à des peurs remontant à son enfance. Désireuse de commencer à s'en sortir, Julia consulta Andréa quelques semaines plus tard. Elle vécut une expérience extraordinaire qui fut à l'origine de sa transformation intérieure. Par son ressenti, Andréa se mit dans la peau de la mère de Julia et laissa monter ce qui lui venait. Simone réalisait qu'elle avait fait du mal à sa fille, elle lui demandait pardon et souhaitait que Julia rencontre son père pour établir une paix durable. Car, comme Julia était prise dans ses peurs et sa douleur, elle avait mal accepté que son père soit avec une autre femme quelques mois après le départ de sa mère. Andréa l'aida à réaliser qu'Hervé avait sa propre vie à vivre et qu'il avait bien le droit d'en faire ce qu'il voulait. Julia venait d'enlever une première pelure d'oignons d'une multitude d'autres qui recouvraient son cœur de petite fille écorchée.

De plus, lors de leur rencontre, Andréa avait suggéré à Julia d'écrire à sa mère et de lui poser des questions, histoire de communiquer avec elle par l'écriture.

Un jour, alors que Julia se sentait encore coupable de ne pas avoir été avec sa mère jusqu'à son dernier souffle, elle prit son carnet et demanda à sa mère si elle lui pardonnait. La réponse qui suivit la renversa :

Je vis de l'Amour de Jésus. Je ne vois plus la Vie de la même manière depuis que je suis passée là, dans l'autre dimension. Mes jours sont moins longs, mes nuits ne sont plus sombres. Je suis doucement enveloppée de la Lumière divine de Dieu. Il me comprend. Il m'aime. Il me croit divine, je suis son enfant, sa fille. Enfin, mon père! Il est là pour moi, je l'aime, tout comme je t'aime. Je suis un être divin maintenant. Dieu nous aime tellement qu'Il veut que nous soyons les personnes les plus heureuses sur Terre. Je sais que tu vas t'en sortir, ma fille. Dieu est avec nous chaque jour de notre Vie. Il ne faut pas l'oublier. Je veux que tu saches que je t'aime, que je ne te veux que du bien. N'aie pas peur surtout, je suis là tout près de toi en pensée, en paroles et en émotions. Je t'aime. Je veux te donner la Paix, celle que tu mérites enfin. Excuse-moi pour tout le mal que je t'ai fait. Ton livre est prêt à naître, et je lui souhaite longue vie. Tout est en place pour le changement. Je vais y voir, je te le promets. Je t'aime, ne l'oublie surtout pas. Je t'embrasse très fort, à bientôt ma belle puce, ma « noire ».

Je t'aime.

Maman...

***

Un soir que Paul devait faire du temps supplémentaire, Julia s'installa dans la cuisine pour continuer à cracher sur le papier les émotions coincées dans son cœur :

Comme j'aimerais être heureuse ! As-tu seulement déjà été heureuse, Maman ? As-tu déjà connu les joies de l'insouciance lorsque tu jouais avec tes poupées ? Ta mère, grand-maman, a-t-elle pris le temps de te bercer ? Sa mère l'avait-elle fait à son tour ? Où commence et où se termine la chaîne d'amour dans notre histoire ? Je crois comprendre maintenant que nous étions toutes les trois, à notre façon, à la recherche de cette foi qui permet de déplacer les montagnes et qui s'appelle AMOUR. Malgré tout, je sais que tu m'as aimée, Maman. Et moi aussi, je t'ai aimée.

Je sais aussi que grand-maman m'a aimée. C'est comme si elle transférait sur moi tout l'amour qu'elle n'avait pas su te donner. J'ai souvent été ingrate envers elle. J'ai vécu de si beaux moments avec vous deux, malgré les non-dits, les secrets, le mal de vivre et la tristesse. Grand-maman me donnait sans cesse le meilleur d'elle-même. Je me souviens l'avoir rejetée de ma vie à treize ans. Je détestais l'entendre critiquer papa. En coupant le cordon avec elle, je voulais fuir le mal de vivre qu'elle engourdissait avec des médicaments. J'ignorais alors que je portais aussi en moi votre mal de vivre à toutes les deux. Grand-maman me demandait souvent ce qui n'allait pas. Elle lisait la tristesse sur mon visage comme dans un grand livre ouvert. Ce mal de vivre faisait déjà des ravages dans mon cœur et me collait à la peau.

Des années plus tard, je me suis souvent demandé pourquoi grand-maman était jalouse des autres femmes. Les vedettes de la télé étaient ou trop jolies, ou mal coiffées. Elle enviait la vie de ces femmes, alors qu'elle pensait n'avoir rien pour rêver. Son mariage avec le fils d'un notaire lui avait certainement fait miroiter une vie plus aisée. Elle avait pourtant les manières et la prestance pour mener la grande vie. Mais elle a rapidement perdu ses illusions lorsqu'elle s'est aperçue que son homme ne deviendrait jamais le professionnel rêvé. Elle a dû beaucoup souffrir en apprenant l'infidélité de grand-papa. Recevoir des comptes de fleurs offertes à une autre femme cause certainement une grande blessure. Grâce à elle, j'ai appris les mélodies de la Bonne Chanson. *Une certaine tristesse en teintait les paroles, tandis que les plus joyeuses semaient la gaieté dans la grande maison de la rue Rachel où tu as vécu ton enfance, Maman, et moi, une partie de la mienne. J'ai des souvenirs tellement précis de cette maison. Quel dommage que grand-maman ait dû la vendre! Grand-maman voulait se rapprocher de nous deux. Quelle maison magnifique avec ses boiseries en acajou, ses grandes fenêtres, ses plafonds hauts, son salon, sa salle à manger immense et son escalier en colimaçon conduisant à l'étage! Et que dire de la petite pièce qui servait de débarras et où j'avais peur d'entrer quand grand-maman allait y ranger des boîtes! Que manquait-il au bonheur de grand-maman? Je me suis longtemps révoltée devant son impuissance à vivre, et surtout devant ses exigences à mon égard. Souvent, j'avais l'impression qu'elle ne s'intéressait pas à moi, sauf exception, le Noël de mes seize ans alors qu'elle m'avait offert des sous pour m'acheter des disques et des livres.*

Au fond, je comprends maintenant que grand-maman cherchait souvent à me provoquer et qu'elle avait bien raison. Mais que souhaitait-elle pour moi? Peut-être aurais-je dû l'écouter davantage? Je n'en sais trop rien. Je sais cependant qu'elle voulait mon bonheur et avant tout mon autonomie. Le permis de conduire qu'elle m'incitait à obtenir en était bien la preuve. Grand-maman a toujours bien pris soin de moi lorsque tu étais au travail, Maman. Quand j'étais toute petite, je me sentais précieuse à ses yeux, et aujourd'hui, je suis reconnaissante pour tout ce qu'elle a fait pour moi.

Quel dommage et que de temps perdu à m'excuser pour des choses qui ne m'appartenaient pas ! Je prenais sur moi votre douleur à toutes les deux en espérant pouvoir vous soulager, toi et grand-maman.

Fini le jugement

Chaque fois que Julia parlait à son amie d'enfance, Suzie, elles se promettaient d'aller dîner ensemble. Ce jour-là était enfin venu. Suzie et Julia s'étaient donné rendez-vous dans un petit resto italien de la rue Fleury. L'ambiance était chaleureuse, la cuisine savoureuse et à un prix abordable. En attendant Suzie, Julia se souvint que l'heure des repas à la maison, lorsqu'elle était jeune, avait toujours été infernale. Sa mère buvait en préparant le souper, et une fois à table, l'appétit n'y était plus. Les disputes commençaient. Julia se rappelait d'un soir où sa mère avait fait des pâtes. Julia devait avoir dix-sept ans. Sa mère était assise à table, éloignée de son assiette. Ils venaient à peine de commencer à manger que sa mère était allée vomir sa première bouchée dans la toilette. Elle était revenue pour jeter son assiette à la poubelle. Julia avait longtemps eu de la difficulté à manger des pâtes.

L'alcoolisme de sa mère lui avait laissé des séquelles, c'était bien évident. Julia commençait à peine à exprimer ses émotions. Elle avait accumulé tellement de non-dits au fil des années. Une chose était certaine, les mots la réconfortaient. Dire ce qu'elle ressentait pour se libérer de ses anciennes cassettes et de son rôle de victime lui faisait un bien énorme. Elle se sentait de plus en plus soulagée.

Lorsque Suzie arriva, les deux amies se firent les accolades habituelles et se serrèrent très fort, s'étant perdues de vue depuis plusieurs années. Elles avaient été réunies à nouveau lorsque la mère de Julia était décédée.

Une fois les salutations d'usage terminées et les questions du quotidien posées, Suzie et Julia passèrent aux choses plus sérieuses. Le ton de leur conversation prit une autre direction. Julia confia à Suzie que sa mère était entrée dans sa chambre quelques semaines avant son mariage, et qu'elle avait pleuré à chaudes larmes dans ses bras.

– Les larmes de maman étaient si profondes et si pleines de douleur qu'elle était incapable de parler. Ses larmes étaient aussi les miennes, Suzie, tout comme la tristesse qui nous unit. J'ai l'impression de porter le désespoir de ma mère dans mon sang et dans mes veines depuis toujours. Comme je n'ai jamais pu la sauver, je veux les rendre à ma mère et ne garder que ce qui m'appartient. J'ai longtemps pensé que c'était le plus grand échec de ma vie. Mais je sais maintenant que la guérison de ma mère ne m'appartenait pas. Désormais, je veux gagner mes propres batailles. Je veux devenir une lionne, Suzie. Je veux être fière du sang qui coule dans mes veines, fière de faire partie de mon clan. Je veux vivre libre et débarrassée de toute forme de culpabilité envers mes parents. Je maintiens le lien qui nous unit, mais je ne suis plus responsable de leur bonheur ou de leur malheur.

Suzie comprenait trop bien ce que Julia avait pu vivre, son père était lui-même alcoolique.

– Les parents alcooliques ne se rendent pas compte à quel point leurs enfants sont troublés et stressés lorsqu'ils les voient ivres, avait renchéri Suzie. Mon père allait se coucher lorsqu'il avait trop bu. Une chose est certaine, on ne s'habitue jamais, peu importe notre âge.

– Petit à petit, j'essaie de me guérir des idées tordues que je m'étais mises en tête, dit Julia.

« Très jeune, je me sentais responsable de ce « semblant » d'absence d'amour entre ma mère et mon père après ma naissance. J'aurais tout donné pour les voir heureux. Je me croyais aussi responsable de l'alcoolisme de ma mère. J'avais l'impression d'avoir failli à mon rôle de bonne petite fille. Je m'obligeais à de bien trop grandes responsabilités. Je me prenais pour qui, à la fin ?

« Je me demande encore pourquoi je n'ai pas quitté la maison plus tôt. J'avais si honte de ma mère, et surtout, j'avais très peur d'elle. J'ai attendu le mariage pour partir. J'avais tellement peur de perdre son amour. Mais surtout, je ne savais pas comment vivre sans elle. Peu importe le climat malsain qui régnait à la maison, je gardais constamment espoir qu'un « nouveau jour allait se lever » comme dans la chanson de Jacques Michel. Mais le mal de vivre de ma mère devenait de plus en plus insupportable. »

Les confidences de Julia ne furent pas sans éveiller quelque réflexion chez Suzie :

– Ce que j'aimerais, moi, ce serait de cesser de jouer à la mère avec tout le monde. Je veux devenir la personne la plus importante au monde pour moi.

– Je ressens la même chose, Suzie. La petite fille en moi me réclame, et je dois éviter de la surprotéger comme ma mère l'a fait avec moi. Je veux sortir de mon silence pour laisser monter l'écrivaine en moi.

Une fois leur repas terminé et la question du passé pratiquement vidée, Suzie et Julia se fixèrent un autre rendez-vous pour dîner ensemble à nouveau, dans une quinzaine, histoire de se soutenir chacune dans leur démarche.

**

De retour à la maison en début d'après-midi, Julia inscrivit quelques lignes dans son carnet avant de reprendre son travail.

Je ne cesserai jamais de t'aimer, Maman. Je veux simplement t'aimer autrement. J'accepte ma condition de fille d'une mère alcoolique. Je garde les belles valeurs que tu m'as données... Et j'essaie de guérir mes angoisses. À moi maintenant de m'épanouir en cessant de te juger. Maman, tu étais exactement la mère dont j'avais besoin pour devenir la personne que je suis aujourd'hui. Ce sera certainement grâce à toi si, un jour, j'écris un roman...

Au volant de sa vie

Un an plus tard, Julia consulta à nouveau Andréa. Cette fois-ci, c'était pour aller chercher son permis de conduire. Il y avait au-dessus de dix ans qu'elle avait pris un cours de conduite, mais comme elle avait échoué le test à deux reprises, elle s'était complètement découragée. Pendant toutes les années où elle avait travaillé au centre-ville, combien de fois avait-elle ragé en attendant l'autobus, l'hiver, en étant en retard à cause d'un suicide dans le métro, et surtout, ne pouvant aller où elle voulait quand elle le voulait, et à son rythme ? Elle trouvait qu'elle perdait énormément de temps à attendre l'autobus et à prendre des taxis. Elle ne se sentait pas autonome et avait de plus en plus le désir de l'être. Malgré le côté monétaire qui la freinait un peu, Julia avait tout de même décidé de foncer.

Elle alla donc rencontrer Andréa pour une heure de «déblocage», comme cette dernière se plaisait à les appeler. Elle devrait cesser d'avoir peur de faire du mal à quelqu'un lorsqu'elle conduisait, arrêter d'avoir peur de se véhiculer dans les rues de la ville au volant d'une voiture à elle, et enfin devenir une adulte.

Après avoir évacué toutes ses peurs, ses craintes, ses fausses idées, sa pensée magique et ses angoisses, Julia ressortit chancelante du bureau d'Andréa, rue Cherrier, mais déterminée à continuer son projet. Andréa l'avait avertie que le travail fait avec elle aurait des répercussions, et elle avait bien raison. Julia en ressentait déjà les contrecoups. Elle se sentait étourdie, faible, avait presque de la difficulté à marcher. Elle rentra chez elle saine et sauve, malgré la secousse qui venait de l'ébranler. Le travail commençait.

Pour mettre vraiment toutes les chances de son côté, quelques mois plus tard, Julia rencontra une autre personne, qu'elle avait également connue dans un réseau d'affaires et qui était spécialisée en programmation neurolinguistique. Louise Doucet était venue chez Julia, et avec des exercices, elle l'aida à se programmer pour réussir à obtenir son permis de conduire. À la fin de leur rencontre, Louise demanda à Julia quel temps il ferait le jour où elle obtiendrait son permis. Julia lui dit qu'il ferait sûrement soleil, et qu'elle appellerait Paul et son père, sur son cellulaire, pour leur annoncer la bonne nouvelle. Un an plus tard, en juin, Julia obtint son permis de conduire. Le soleil brillait de tous ses feux, et Julia appela Paul et son père, sur son cellulaire, pour partager avec eux cette belle victoire.

***

Le jour où Julia se retrouva enfin seule au volant de sa première voiture, en pleine heure de pointe, lui resterait à jamais gravé dans la mémoire. Elle avait les mains qui tremblaient, et les jambes molles. Elle était nerveuse, mais en contrôle de ses moyens. Elle se dirigeait à un rendez-vous avec des collègues de réseau pour organiser une activité. Soudain, le souvenir de sa grand-mère refit surface. Comme elle avait raison d'insister pour que Julia obtienne son permis de conduire quand elle était plus jeune. Mais Julia refusait de l'écouter.

Vingt-cinq ans plus tard, elle se retrouvait à faire appel à son aide pour se rendre à destination en toute sécurité. Elle imaginait combien sa grand-mère devait être fière d'elle. Enfin, sa petite-fille avait compris. C'était curieux, comme au moment même où Julia se retrouvait avec un volant dans les mains, elle se sentait soudain au volant de sa vie. Elle demanda pardon à sa grand-mère de l'avoir rejetée de sa vie à certains moments. Cette dernière lui avait appris tant de petites tâches quotidiennes : faire la lessive, l'étendre sur la corde, la plier, cuisiner, faire son lit, et surtout jardiner.

Sa grand-mère devait souffrir beaucoup, elle aussi, puisqu'elle consommait un nombre incalculable de pilules chaque jour. Sa difficulté à vivre était aussi très grande. Elle disait souvent, tout comme la mère de Julia, qu'elle aurait aimé écrire un livre sur sa vie. Julia leur promit qu'un jour, elle le ferait à leur place. Elle aurait aimé raconter la vie de sa grand-mère, mais elle ignorait tout de celle-ci. Elle ne lui avait jamais parlé de ses parents ni de ses grands-parents. La mère de Julia disait que son grand-père maternel était un homme autoritaire, et sa grand-mère maternelle, une femme soumise comme souvent à l'époque. C'était tout ce que Julia en savait.

La grand-mère de Julia l'appelait « sa poète » lorsqu'elle la voyait avec ses tablettes et ses crayons. Elle devait aimer la voir ainsi. Julia avait beaucoup aimé sa grand-mère étant enfant.

Elle lui manquait tout à coup...

Une fois arrivée à destination, Julia avait toujours les jambes qui tremblaient, les mains moites, mais comme elle était fière d'elle! Elle flottait. Elle remercia sa grand-mère pour sa présence avec elle tout au long de ce parcours au centre-ville.

Se pouvait-il qu'elle soit devenue tout à coup son ange gardien?

La remise en question

Pendant tout près de deux ans, les choses semblèrent se dérouler pour le mieux pour Julia. Elle avait suffisamment de travail en traduction pour l'occuper à temps plein et bien gagner sa vie. Cependant, une ombre vint gâcher le portrait lorsqu'elle subit un jour un échec professionnel qui la poussa à tout remettre en question.

Julia alla rencontrer Andréa à quatre ou cinq reprises. À l'aide de sa technique de « déblocage » des émotions, Andréa fit comprendre à Julia qu'elle n'avait pas choisi un métier facile pour une perfectionniste comme elle. On n'avait pas le droit à l'erreur dans son métier. Cependant, elle devait apprendre de cette expérience. C'était l'opinion de quelques personnes qui n'étaient pas satisfaites de son travail. Il y avait bien tous ses autres clients qui lui faisaient confiance, et pour qui elle travaillait depuis fort longtemps. Elle devait cesser de se dévaloriser. Elle avait le choix de continuer sa route ou de tout interrompre. Selon Andréa, Julia n'avait aucune raison de s'arrêter, elle devait continuer à avancer, ne plus se paralyser. Elle devait guérir et reprendre confiance en ses capacités. Ce livre qu'elle voulait écrire, elle devait le faire. Julia disait avoir peur de juger sa mère. Andréa ne semblait pas inquiète, elle disait que Julia trouverait bien une façon de l'écrire sans la juger et que, de toute manière, ce livre lui servirait à aider plein de gens.

Lors d'une de ses dernières rencontres au cabinet privé d'Andréa, alors que cette dernière travaillait sur les racines de Julia, sur ses pieds, elle trouva que ceux-ci étaient très enflés. Julia lui confia que c'était une condition dont elle avait héritée de sa mère et de sa grand-mère. Il s'agissait de la maladie de Milroy, une sorte de lymphœdème qui apparaissait à l'adolescence et qui touchait les premières filles de la famille. Julia était aux prises avec cette condition depuis l'âge de quatorze ans. Elle en avait toujours été complexée, ne pouvant pas porter de jolies petites sandales ou de beaux petits souliers élégants puisque les bourrelets d'enflure dépassaient toujours de ses souliers. Elle préférait les espadrilles et les bottillons pour mieux camoufler ce qui lui apparaissait parfois comme une « infirmité ». Son enflure aux pieds avait toujours été une autre « excuse » pour ne pas se sentir à la hauteur, différente des autres.

Andréa lui mentionna qu'il n'y avait pas de raison pour que Julia reste avec cette condition, et que le thérapeute français, son collaborateur depuis quelques années, pourrait peut-être l'aider à voir clair dans toute cette affaire puisqu'il travaillait avec l'arbre généalogique, la psychologie et la biologie. Elle l'invita à assister à l'une des conférences de Jean Auclair, lors de son prochain passage à Montréal, dans une dizaine de jours.

Environ une semaine plus tard, alors que Paul et Julia prenaient leur repas du soir, Paul lui demanda si elle avait l'impression que les rencontres avec Andréa l'avaient aidée. Julia répondit dans l'affirmative, sans hésiter une minute, en lui faisant remarquer toutefois qu'il n'était pas toujours facile d'aller toucher à l'émotion vive enfouie au fond de soi, à cette partie de nous qui faisait mal, vraiment mal. Paul lui demanda le numéro d'Andréa, et il alla la consulter quelques jours plus tard. À son retour, il avait de la documentation sur le thérapeute français Jean Auclair avec qui Andréa travaillait. Andréa avait aussi suggéré à Paul d'assister à sa conférence sur les constellations familiales. Ce serait sûrement bénéfique, autant pour Paul que pour Julia.

Le vendredi suivant, tous deux se rendirent à la conférence de Jean. Julia et Paul furent complètement renversés par ses propos sur la maladie en général, sur la généalogie et sur l'importance d'honorer leurs parents et leurs ancêtres pour la vie qu'ils leur avaient donnée. Paul était vivement intéressé. Julia sentait que c'était quelque chose de puissant qui allait apporter des changements importants dans leur vie même si elle avait certaines craintes. En sortant de la conférence, elle avait bien donné son nom à Andréa, tout comme Paul, pour assister à deux ateliers, soit l'un sur la psycho-bio-généalogie, et l'autre sur les constellations familiales durant trois fins de semaine consécutives.

Une fois dans la voiture, Julia prit panique. Elle n'était plus certaine de vouloir continuer. Si les choses changeaient tellement que Paul et elle ne voudraient plus être ensemble? Elle était complètement bouleversée, mais elle finit par accepter que c'était pour leur bien, tant individuel que commun, qu'ils amorçaient tous deux cette démarche. Il arriverait bien ce qui devrait arriver, « *Que sera sera* », comme le disait si bien la chanteuse des années 1960, Doris Day. Julia était tout de même confiante que, peu importe le résultat, ce serait sûrement pour le mieux.

Le début d'une guérison

La tristesse habitait Julia depuis quelques jours. Un matin, éveillée plus tôt qu'à l'habitude, elle se leva et s'installa à la table de cuisine avec son carnet et son stylo.

Depuis quelques jours, je me sens si moche, si morose; la déprime revient à nouveau me visiter... Je sens la même fragilité, le même état d'âme qu'à l'aube de mon burnout. *Le médecin du* CLSC *m'avait bien dit que je reconnaîtrais les signes aux premiers symptômes de la maladie. Ils sont là, ils me hantent. Je dois faire quelque chose si je ne veux pas sombrer encore une fois dans le délire de mon âme...*

***

La première fin de semaine arriva enfin. L'atelier de Jean, auquel s'étaient inscrits Julia et Paul, portait sur la psycho-bio-généalogie. Avant de commencer l'atelier, chaque personne pigea une carte de tarot qui tomba pile avec la difficulté sur laquelle chacun devait travailler. Jean leur avait expliqué que les messages de chacune des cartes ne mentaient jamais. Julia pigea la carte numéro 17, celle de *L'étoile*. Cette carte représentait sa difficulté à prendre sa place, à agir dans le monde. De par le métier de secrétaire qu'elle avait déjà exercé, Jean disait qu'elle avait un « secret à taire ».

Tout comme les autres participants, Julia et Paul apprirent à faire leur arbre généalogique, à faire des rapprochements entre les dates, les maladies, les métiers et les difficultés des personnes dans leur arbre. Julia remarqua énormément de manques, à tous les niveaux, dans la vie de chacune des personnes dans son arbre, autant des manques d'amour que des manques d'argent. D'un côté comme de l'autre, autant maternel que paternel, Julia était la seule qui, depuis son arrière grand-père maternel notaire, avait fait des études. C'était comme si elle avait trahi toute sa lignée. Déjà, lorsque Paul et Julia avaient quitté l'atelier, le dimanche, Jean leur avait dit qu'ils verraient des changements s'opérer dans les jours, les semaines et les mois suivants parce qu'ils venaient de comprendre certaines choses. Il leur avait aussi expliqué que rien n'arrivait pour rien dans la vie. Il n'y avait aucun hasard dans la vie. Pourquoi nous rencontrions telle personne à tel moment? Pourquoi nous faisions telle lecture? Aussi, à la fin de l'atelier, Julia lui avait fait remarquer qu'il ressemblait au médecin du CLSC avec qui elle avait suivi une thérapie à deux reprises.

De retour dans leur quotidien, Julia et Paul remarquèrent, entre autres, des changements avec Patrice, en pleine adolescence. Ils avaient l'impression qu'il se rapprochait d'eux. Julia devait dire que la relation entre Paul et Patrice semblait différente. Aussi, de son côté, elle avait senti qu'elle pouvait se rapprocher davantage de certaines personnes avec qui, auparavant, la communication était plus difficile. Sa relation avec sa belle-sœur, par exemple, avait changé. Elles avaient maintenant de longues conversations et se retrouvaient vraiment sur la même longueur d'ondes. La sœur de Paul avait remarqué une transformation chez Julia.

La fin de semaine suivante, durant trois jours, Paul et Julia entreprirent l'autre atelier sur ce que Jean appelait « les constellations familiales ». Il s'agissait d'exposer à tour de rôle leur difficulté pour ensuite la mettre en scène avec des participants appelés à jouer les membres de leur propre famille. Ainsi, par leur ressenti, chacun aidait les autres à guérir l'âme de leur famille.

Au cours de cette fin de semaine, Paul et Julia vécurent des moments magiques, parfois douloureux, mais combien apaisants et bienfaisants. Et le travail se faisait dans le non-jugement et dans l'amour. Chaque personne présente avait sa propre souffrance. Autant chacun était appelé à donner qu'il recevait énormément de la part du groupe tout entier.

En commençant l'atelier, Andréa, qui assistait Jean, leur a proposé d'exprimer des cris de rage et de colère. Mais Julia n'y arrivait pas. Elle avait plutôt peur des réactions des autres participants. Le deuxième jour, voyant sa crainte, Andréa vint vers elle pour lui dire que, tôt ou tard, elle devrait crever cet abcès; il faudrait bien qu'elle laisse sortir sa colère et sa tristesse si elle voulait guérir. Environ une trentaine de minutes plus tard, Julia ne put s'empêcher de commencer à crier et à hurler : « Je n'étais pas capable ! je n'étais pas capable ! je n'étais pas capable… » Jean s'approcha d'elle et lui laissa le temps de pleurer un bon soûl, avec Paul à ses côtés, tous deux prêts à la réconforter et à la consoler.

Quand ce fut son tour, Julia expliqua qu'elle avait toujours voulu comprendre pourquoi sa mère était alcoolique, qu'elle se sentait coupable de ne pas avoir pu la sauver. Elle était restée avec cette impuissance à empêcher sa mère de tempêter quand elle avait dix ans et que son père lui demandait de parler à sa mère pour tenter de la raisonner. Il a fallu seulement quelques paroles pour que Jean réponde à la question que Julia s'était posée depuis tant d'années, et encore davantage, maintenant que sa mère était décédée.

En fait, Julia était complètement noyée dans ses demandes enfantines. Pourquoi avait-il fallu que sa mère soit alcoolique ? Pourquoi Julia avait-elle tant souffert de l'alcoolisme de sa mère ? Pourquoi n'avait-elle pas su comment la guérir ? Pourquoi son père s'était-il remis si vite en relation très peu de temps après le décès de sa mère ? Julia avait eu l'impression d'être rejetée, que son père ne l'aimait plus autant, qu'elle perdait sa place. Elle s'était sentie si seule, tout au long de ces années, et coupable en plus de ne pas avoir sauvé sa mère.

Avant que Julia ne mette en place les personnages qui joueraient les membres de sa famille, Jean lui expliqua que, lorsque l'alcoolique buvait, la personne recherchait sa mère. Le liquide, étant le symbole représentant « un conflit à la mère », si la personne ne sentait pas l'amour de sa mère, elle se mettait à boire. Ce n'était que le début. Après la difficulté de Julia posée, Jean l'invita à choisir des personnes qui allaient jouer ses parents, ses grands-parents maternels et le frère de son grand-père maternel dans sa constellation, puisqu'elle pensait que ce dernier pouvait avoir un rapport avec son histoire familiale. Il en est ressorti que, du côté de sa grand-mère maternelle, il y avait « un secret », mais personne ne pouvait arriver à mettre le doigt dessus.

Lorsque Julia remplaça la personne qu'elle avait choisie pour jouer son rôle dans la mise en scène, elle put enfin se détacher de l'histoire de sa mère tout en gardant le lien fort qui les unissait. La personne qui jouait sa mère lui dit qu'elle devait vivre sa vie et ne plus s'inquiéter pour elle. Julia devait tout simplement vivre sa vie. Elle sentit qu'elle serait toute sa vie reconnaissante aux gens qu'elle avait choisis et qui lui avaient été d'un si grand réconfort.

Les rôles que Julia fut appelée à jouer, cette fin de semaine-là, lui ont aussi beaucoup apporté. On lui demanda à plusieurs reprises de jouer des enfants morts. La souffrance de certains était vraiment atroce. Elle n'avait jamais ressenti autant d'amour qu'elle en reçut durant toute cette fin de semaine. Julia remercia vraiment la Vie d'avoir mis Jean et Andréa sur sa route, car en étudiant et en travaillant avec eux, elle avait vraiment fait des pas de géant pour guérir l'âme de sa famille.

En somme, Julia avait surtout appris avec Jean qu'elle devait honorer ses parents parce qu'ils lui avaient donné la Vie. Il fallait les remercier pour la Vie, et surtout, être fière du sang de ses parents et de ses ancêtres qui coulait dans ses veines. Pour l'aider à guérir, Jean lui avait proposé de faire un acte symbolique en plaçant une photo de son père et de sa mère, ainsi qu'un petit jouet au milieu d'eux, et de dire qu'elle ne voulait plus jouer avec eux, que c'était leur histoire, tout cela leur appartenait. Elle les aimait de tout son coeur, mais leur remettait leur responsabilité d'être heureux pour enfin vivre son bonheur à elle.

***

Comme convenu, Julia et Suzie allèrent dîner ensemble. Julia parla alors de ce qu'elle ressentait, de sa difficulté à se détacher de l'histoire de ses parents.

«Je croyais que j'avais fait un bout de chemin, que j'avais fait des pas. Et j'ai l'impression de reculer. On dirait que je n'ai plus de forces. Ma tête et mon corps ne vont pas à la même place. J'ai tellement pleuré que j'ai l'impression de ne plus avoir de larmes. Me connaissant, j'en doute, mais enfin… D'un côté, je me demande ce qui m'a pris de ressasser le passé; de l'autre, je sais bien que je ne pouvais plus continuer à souffrir autant, à garder le silence, à ne pas exprimer ma douleur. J'ai tellement peur de retomber, Suzie, que je veux tout faire pour ne plus rechuter, tout, tu m'entends!

«Je me demande parfois d'où me vient ce sentiment que la Vie est bien triste dans le fond. Il m'arrive d'être à l'épicerie ou ailleurs et de ressentir une telle tristesse. Qu'est-ce que j'exprime? Quel message veut bien me passer mon corps? Si, au moins, je pouvais me débarrasser de cette tristesse, j'arriverais peut-être à me sentir plus légère, plus libre, moins étouffée.

«J'aimerais tellement respirer… Me sentir vraiment heureuse….

«Je voudrais tant être capable de vivre ma vie, mais je ne sais pas comment. Je ne sais pas ce que j'aime. Je me sens coupable d'être heureuse, et depuis si longtemps. Je n'ai pas l'impression d'y avoir droit. Si ma mère n'a pas su réaliser ses rêves, pourquoi aurais-je le droit, moi? La souffrance des autres me donne une belle excuse pour ne pas agir et passer à l'action. Je ne me suis jamais donné entièrement le droit au bonheur.

«Je me rends compte qu'au fil de toutes ces années, j'acceptais d'être heureuse à moitié, jamais pleinement.

«Je me souviens qu'à chaque fois que Paul et moi partions en vacances, que ce soit avant ou après que Patrice vienne au monde, nous allions souper chez mes parents la veille de notre départ; lorsque nous quittions, je me sentais le cœur triste, tout gros, comme si je n'avais pas le droit de les laisser avec leur souffrance, comme si je n'avais pas le droit d'être heureuse, comme si c'était moi le parent, et eux les enfants.

«J'ai toujours eu beaucoup de difficulté à décrocher, je n'étais jamais tout à fait présente.»

– Tu as le droit au bonheur, Julia, lui dit Suzie pour la rassurer. Tu dois y croire. Commence par des petites choses, prends soin de toi. Il te faut jouir pleinement du moment présent surtout...

Et Suzie enchaîna : «Je me demande parfois si je ne devrais pas suivre des ateliers comme toi, Julia, pour guérir l'âme de ma famille ? Nous avons été éprouvés par tant de deuils : mes parents, mes frères et ma sœur... »

Jadis heureuses

Un soir, lorsque Julia cherchait des photos en prépa-
ration à son acte symbolique, elle était tombée sur
certaines d'entre elles qui la touchaient particulièrement.
Elle aimait bien celle que son père avait prise à sa première communion. Simone, la mère de Julia, y était toute
souriante. On la voyait plaçant les couverts sur la table
décorée de lys frais et de calices en papier. Simone devait
avoir 34 ou 35 ans. Comme Julia la trouvait belle! Les gens
disaient qu'elle ressemblait à la chanteuse Lucille Dumont,
et peut-être même davantage à l'actrice américaine Joan
Crawford. À cette époque, elle colorait ses cheveux aussi
noirs qu'elle. Grande, elle devait bien faire cinq pieds huit
ou neuf. Sur cette photo, elle portait une robe coquille
d'œuf sans manches et un collier en perles de roches
noires. Elle avait une taille de guêpe et une poitrine beaucoup plus impressionnante que Julia à son âge.

Il y avait aussi cette autre photo noir et blanc, prise
dans une machine, que sa mère affectionnait beaucoup.
Julia était blottie dans les bras de sa maman. Elles avaient
l'air si heureuses… malgré l'air songeur de Julia. Sa mère
lui montrait souvent cette photo, peut-être parce qu'elle
représentait une époque heureuse de leur vie, un moment
privilégié de rapprochement entre une mère et sa fille.
Regarder cette photo tant d'années plus tard la replongeait
dans une émotion vive, une nostalgie du temps passé.

Comme Julia aurait aimé sentir les bras de sa mère autour d'elle. Ces bras qui savaient si bien la caresser et la protéger. Sa mère lui manquait tant parfois. Les larmes qui montaient l'aidaient à se guérir d'elle.

Évidemment, l'alcool les avait séparées. Simone n'avait pas pu se libérer de la haine, de la honte et de la peur qui la rongeaient. Le désir de Julia de la sauver était plus fort que tout. Elle avait souvent rêvé à sa mère saoule. Elle lui reprochait de boire en la suppliant d'arrêter, mais en vain.

Julia cessa graduellement de vivre avec ce sentiment d'échec, lequel avait modelé toute son existence, une fois que Jean l'eût aidée à comprendre pourquoi sa mère buvait. Née d'une mère alcoolique, elle-même fille d'une mère dépendante des pilules; Julia se demandait souvent si elle n'était pas elle-même une dépendante affective prise dans une sorte d'*ivresse d'amour* ? Leur mal de vivre à toutes les deux était si grand, si douloureux. Mais fini maintenant le jugement.

Julia voulait guérir sa blessure. Elle ne voulait plus de cette souffrance, la petite fille en elle voulait guérir, un point c'est tout. Cependant, Julia avait parfois l'impression d'être seule, sans personne à qui se confier, sauf à son carnet dans lequel elle pouvait déverser son trop-plein d'émotions. C'était le cas, ce dimanche-là, alors que la guigne s'était emparée d'elle et que Julia ne voyait d'autre issue que d'écrire pour exprimer sa peine.

Seule au fond d'un trou noir,
Je cherche une voix dans le soir.
Je n'ai pour seul ami que mon désespoir,
Pour seul amant que mon espoir.

Quand sortirai-je ma vie de ce tiroir ?
Arrêterai-je ces attentes illusoires ?
Guérirai-je de cet abandon expiatoire ?

Je cherche en vain un exutoire
Car, au fond de mon âme, il ne fait que pleuvoir,
Des larmes inondent ce couloir.

Pourrai-je un jour sortir de mon isoloir ?
Pour enfin accepter de recevoir,
Pour faire la fête et faire la foire !

Vivre enfin sa vie

Lorsque Jean revint au printemps suivant, Paul et Julia terminèrent leur atelier sur la psycho-bio-généalogie. Ils obtinrent une attestation pour avoir suivi 80 heures de formation et s'inscrivirent à un atelier intitulé « Vivre pleinement sa vie ». Même si Julia sentait qu'elle avait fait un bout de chemin par rapport à l'histoire de sa mère, elle réalisait qu'elle avait encore un autre morceau à lâcher en ce qui concernait ses parents.

Dans cet atelier, les comportements, les attitudes et les « patterns » étaient représentés par des personnes. Julia fut choisie pour jouer la tristesse. Elle pleura presque sans arrêt durant toute la journée. Pas facile de vouloir guérir !

Aussi, suite à cet atelier, Julia réalisa qu'elle avait fait le « tapis » toute sa vie. Elle avait accepté toutes les situations en ne se révoltant jamais, en ne prenant pas sa place. Il lui en fallut du temps, une fois l'atelier terminé, pour arrêter ses demandes enfantines autant par rapport à son père qu'à sa mère. Elle avait compris que sa mère la poussait symboliquement hors du nid tout en l'y retenant, et que Julia restait en quelque sorte pour protéger sa mère d'elle-même et l'empêcher de tomber encore plus bas. Julia ne s'était jamais vraiment détachée de sa mère de son vivant. Il avait fallu qu'elle meure pour que Julia apprenne à vivre avec elle.

Heureusement que Julia avait l'écriture comme bouée de sauvetage. Chaque fois que l'anxiété la prenait, elle pouvait se libérer par l'écrit.

Jour après jour, la honte se fait de plus en plus présente. La honte me ronge le cœur et l'esprit, comme un mal insidieux se faufilant partout dans mon corps. Pourquoi n'ai-je pas réagi avant ? Pourquoi est-ce que j'acceptais ma vie sans broncher, sans jamais me révolter ? Pourquoi ne suis-je pas sortie de ma noirceur plus tôt ? Lorsque Jean et Andréa ont joué mes parents, et que je me suis retrouvée devant eux, je n'avais aucun moyen. Ils avaient beau vouloir me faire réagir, je me sentais humiliée devant mon incapacité à réagir, à me révolter. J'AI FAIT LE TAPIS TOUTE MA VIE.

J'ai laissé faire pendant toutes ces années, croyant qu'il n'y avait pas d'autres solutions, et je me rends compte, aujourd'hui, que j'avais tort. Si j'avais réagi, si je m'étais révoltée, les choses auraient peut-être été différentes, qui sait ?

J'avais si peur de franchir la clôture, de sortir de mon monde, d'aller vers l'extérieur, j'avais peur de l'inconnu. Mes crises d'angoisse, de panique et d'agoraphobie en étaient sûrement la preuve. J'ai encore peur du dénouement de ce processus de guérison. Jusqu'où vais-je devoir aller ?

J'ai encore tellement de questions. J'étais bien loin de m'imaginer que je n'étais pas la seule à souffrir autant et que ma souffrance était aussi importante que celle des autres. Nous sommes tous sur le même pied d'égalité quand il est question de douleur morale...

***

Un autre souvenir du passé refit surface soudainement, un vendredi soir, alors que Julia et Paul s'étaient installés au salon pour écouter un film, Patrice étant parti chez un ami pour jouer à des jeux vidéos. Julia se rappelait un certain vendredi soir de son enfance. Elle devait avoir dix ans. Sa mère n'avait pas encore commencé à consommer d'alcool à outrance pour fuir sa douleur. Elle l'exprimait plutôt par des crises de jalousie et de colère qui rendaient l'atmosphère familiale insupportable et stressante au plus haut point. Mais Julia ne voyait aucune issue à la situation, souhaitant toujours dans son cœur d'enfant que ses parents se réconcilient et qu'ils soient heureux.

Il devait être dix-neuf ou vingt heures. Julia avait enfilé son pyjama blanc à fleurs roses avec manches courtes et jambes longues. Elle regardait la télé dans la cuisine, assise sur sa chaise d'été, comme c'était l'habitude chez elle. Elle aimait bien regarder l'émission *Papa a raison*, une traduction d'une émission américaine très populaire dans les années 1960. Ce vendredi était d'autant plus spécial puisque l'accalmie était revenue après une longue période de silence insoutenable entre ses parents, en raison d'une autre dispute qui avait éclaté quelque temps auparavant. Cette dispute ne s'était pas soldée par une réconciliation, mais plutôt par des semaines de silence, durant lesquelles ses parents ne s'adressaient pas la parole. À quelques reprises, Julia avait même servi d'intermédiaire entre ses parents. Enfin, le silence avait été rompu ce vendredi-là sans que Julia ne sache vraiment pourquoi, ce qui, de toute façon, lui importait peu. Julia était fébrile et joyeuse de sentir qu'une certaine paix était enfin rétablie au foyer. L'émission était encore plus intéressante cette semaine, car son propre contexte familial était plus harmonieux.

Le lundi suivant, Julia n'était pas du tout dans son assiette. Elle dut annuler le dîner avec Suzie. Au téléphone, elle lui confia ce qui n'allait pas.

« Depuis que nous avons terminé nos ateliers avec Jean et Andréa, je me sens très fatiguée, très lasse. Il faut dire que nous avons touché à des émotions tellement intenses, encore à vif, à des sentiments enfouis très loin dans notre inconscient. C'est douloureux, mais d'après Jean, les réactions physiques sont tout à fait normales. Je pleure encore souvent, Suzie. La souffrance ne s'arrêtera donc jamais ?

– Peut-être faut-il laisser agir le temps, Julia, tu verras, les choses vont finir par se tasser. Il faut du courage, tu sais, pour entreprendre une démarche comme celle-là, et surtout aller jusqu'au bout. Je vois déjà certains changements très importants chez toi. Continue, ne lâche pas ! »

***

À l'automne de cette même année, Julia et Paul suivirent l'atelier « Déprogrammer son destin ou le projet sens » que donnait à nouveau Jean. Il s'agissait de suivre le parcours de leur âme pendant les neuf mois avant sa conception, ensuite pendant les neuf mois de gestation lorsqu'ils étaient dans le ventre de leur mère, et enfin, pendant les neuf premiers mois de leur vie sur Terre.

Grâce à cet atelier, Julia apprit que son âme était venue sur terre pour dépasser l'anxiété et la solitude. Aussi, pendant les neuf mois où elle était dans le ventre de sa mère, ses parents étaient très amoureux. Et une fois qu'elle était venue au monde, l'amour avait commencé à s'effriter quelque peu. À la fin de cet atelier, Julia remit deux croyances dont elle n'avait plus besoin. Tout d'abord, elle s'adressa à ses parents, représentés par Jean et sa compagne Elsie, et leur dit qu'elle se pardonnait d'avoir cru qu'elle était responsable de la fin de leur histoire d'amour. Ensuite, elle pardonna à sa mère de l'avoir trop couvée.

Simone avait peut-être peur de perdre ce qu'elle avait de plus précieux au monde : « son trésor ». Julia lui pardonna parce que sa souffrance lui avait fait prendre conscience de la sienne. Elle se pardonna aussi d'avoir renoncé à tout ce qu'elle aimait en se mariant. Elle se pardonna aussi d'avoir abandonné au premier échec, à la première embûche. Elle se pardonna de ne pas avoir pris sa place et de ne pas avoir pris suffisamment de risques. Elle se pardonna d'avoir trop écouté les autres et de ne pas avoir écouté sa voix intérieure et son intuition. Elle se pardonna d'avoir donné priorité à l'opinion des autres. Elle se pardonna le fait qu'elle ne s'était jamais donné le droit à l'erreur.

Elle voulait désormais apprendre à s'aimer. Elle essayerait de faire de son mieux en se rappelant surtout que sa mère et son père l'aimaient inconditionnellement. Comme parent, Julia savait ce que voulait dire aimer son enfant inconditionnellement. Elle avait appris avec Jean qu'un parent n'aimait peut-être pas son enfant tout à fait comme celui-ci l'aurait désiré, mais il ne fallait jamais douter de cet amour inconditionnel. Jamais. Julia en était convaincue maintenant, et ce « nouvel » amour lui donnait la force de continuer à vivre pour se donner une chance au bonheur, ce qu'elle n'avait jamais osé s'accorder auparavant.

Dans la semaine qui suivit l'atelier de Jean, Julia se rendit un jour au cimetière, au mausolée où sa mère reposait enfin en paix. Devant la niche de Simone, elle ne put s'empêcher de se prosterner, lui demandant pardon de l'avoir jugée toute sa vie.

« Maman, je t'honore pour la vie que tu m'as donnée. Je te remercie pour tout ce que tu m'as montré, tout ce que tu m'as donné et tout ce que tu as fait pour moi. Pour le reste, maman, je vais m'en charger, je vais prendre soin de moi, je te le promets. »

Puis Julia se releva, lança un doux baiser en direction de la photo de sa mère et quitta lentement le mausolée en sanglotant. Elle resta quelques minutes dans sa voiture pour laisser passer l'émotion en observant la nature autour d'elle. Le printemps serait bientôt de retour. Les arbres reprenaient lentement vie chaque jour. Le sol ne serait plus couvert de neige dans quelques jours. Comme il faisait bon d'attendre le retour d'un temps plus clément ! En un instant, Julia eut la vive impression qu'elle commençait à renaître, elle aussi, et pour de bon cette fois.

***

Au fil du temps, Julia ressentait le pouvoir presque prémonitoire de l'écriture. En fouillant dans ses carnets, elle retrouva un jour une nouvelle qu'elle avait écrite et dans laquelle elle découvrait des présages d'une nouvelle vie jadis rêvée :

Il n'y a plus de service...

C'est l'automne. Je me retrouve au centre-ville dans un immeuble à bureaux.

Je me dirige vers mon poste de travail. Je l'aperçois, elle est toute seule dans sa section. L'image parfaite de la secrétaire, vêtue de noir, elle porte une veste à carreaux à simple boutonnière. Je me place derrière elle, mes mains appuient sur son cou, et je serre, je serre. Je vois défiler, dans cette haine féroce, ma vie entière, mes frustrations et mes humiliations. Je frappe sa tête sur la table de travail. Ses yeux s'ouvrent. Elle veut crier. Tous ces cris enfouis au fond de moi sont à jamais étouffés. Je frappe et je serre de plus en plus fort. Elle tente de se dégager, mais je serre plus fort. Elle doit payer pour tous les traitements que je me suis infligés. Je recule. Je la regarde. Elle est étendue par terre, près de ce bureau, qui ne sera plus jamais le mien. La terreur se lit sur son visage cireux. Je la fais payer pour tout le mal que je me suis fait. En quelques secondes, je détruis toute une partie de mon passé. Finie la négation. Place à mon besoin de m'exprimer, de me réaliser et de mettre mes talents au jour.

Le sang me monte à la tête, et je pleure à fendre l'âme. La victime qui sommeillait en moi vient enfin de passer aux actes. Elle s'exprime, elle agit, elle tue son double.

Je quitte les lieux du crime. Je me dirige vers la salle des toilettes pour me laver les mains. Laver ces mains qui ne toucheront plus jamais de la même façon lorsqu'elles feront l'amour. Ces mains qui caresseront avec plus de douceur. Puis, je recule et regarde cette femme qui m'apparaît dans le miroir. Ma veste à carreaux est froissée, mais sans aucune trace de sang. L'étranglement est un crime propre. La secrétaire, la perle rare, la gentille petite fille n'existe plus. J'enterre tous ces masques. Mon col roulé me serre le cou. Ma jupe noire est trop étroite. Je me suis étouffée à vouloir me trouver dans la foule des moi. Une maille s'est tirée dans mon bas de nylon et le talon de ma chaussure accroche le tapis. *MAIS JE SUIS ENFIN LIBRE !*

Je me sens bien. Mon crime est parfait. J'éprouve une immense jouissance !

Je sors de la salle de toilettes. Je prends mon sac, mon manteau, et j'enfile mes bottes. Ce bureau aura été un cercueil où je me sentais mourir à petit feu.

Désormais, il n'y a plus de service au numéro composé… J'avais tout prévu. J'avais prévenu ma directrice de service de mon absence. Mon crime était bel et bien prémédité.

J'emprunte la rue Sainte-Catherine et je m'amuse à regarder ma nouvelle vie sur écran géant comme à New York. Je suis traductrice, correctrice d'épreuves, bachelière, mais surtout une artiste, une auteure, une écrivaine, et tout au «je». *JE RESPIRE ENFIN !*

Je deviens enfin MOI. J'élimine les forces négatives qui nuisent à mon épanouissement. Je baigne dans un placenta imaginaire et je puise mon énergie dans cette eau bénéfique. Je suis comblée. Je flotte. Je suis enfin devenue ma propre mère. Je veux prendre soin de moi. Je marche à ma rencontre.

Ma volonté cohabite maintenant avec ma peur. Je ne la crains plus. Je sais maintenant que je peux lui faire face et la vaincre.

L'introspection

Pour le 47ᵉ anniversaire de naissance de Julia à l'été, Paul avait organisé une fête avec sa famille à lui, le père de Julia les ayant invités la veille pour le souper. Julia apprécia énormément les livres qu'elle reçut de sa belle-famille : *Le Mémorandum de Dieu* d'Og Mandino, *The Artist's Way* de Julia Cameron et *Demandez et vous recevrez* de Pierre Morency. Le repas que Paul avait préparé était délicieux, et la température superbe. Ils mangèrent sur la terrasse. Un verre de bière en apéro et un verre de vin en mangeant complétaient bien la fête. Que de temps il avait fallu à Julia pour se réconcilier avec l'alcool. Après le décès de sa mère, elle avait tranquillement commencé à déguster un petit verre de vin rouge ou de porto. Elle avait découvert le plaisir de savourer chaque gorgée tout en y allant mollo. Elle voulait surtout ne pas se sentir mal comme cette fois où, avec un ami, elle avait trop bu lorsqu'elle était dans la vingtaine. Un Cinzano en apéro, du vin en mangeant, et hop ! la tête lui tournait à vive allure ! Puis, il y avait eu un *rhum & coke* plus tard dans la soirée. Elle n'avait pas été malade, mais elle s'était bien juré de ne plus jamais consommer de la sorte. Elle voyait bien que, pour elle, c'était trop.

Durant les vacances d'été qui suivirent cette fête, Julia plongea dans la lecture des livres qu'elle avait reçus pour son anniversaire. *The Artist's Way* de Julia Cameron lui avait beaucoup plu, parce qu'il l'aidait à se réconcilier avec la partie de son enfant intérieur, mais surtout avec son « artiste ». L'auteure lui avait fait réaliser que Dieu était le plus grand créateur qui n'ait jamais existé. Il suffisait de regarder la nature et toutes les variétés dont elle regorgeait pour constater qu'il y avait une force suprême qui régissait tout finalement. Julia avait aussi trouvé très intéressante l'idée d'écrire trois pages chaque matin au lever. Elle commença alors à faire ce qu'elle appelait ses « pages matinales », mais ses contrats de traduction et son projet d'écrire un roman lui ont vite fait mettre de côté ces bonnes habitudes, qu'elle entendait bien reprendre une fois une certaine accalmie revenue.

La lecture de *Demandez et vous recevrez* de Pierre Morency fut une véritable révélation pour Julia. Elle eut énormément de plaisir à le lire. Elle aimait particulièrement l'idée que chacun était responsable à la fois de son bonheur et de son malheur. L'idée de se replacer à l'âge de quatre ans pour profiter de la vie et vivre chaque moment intensément, ici et maintenant, lui souriait énormément. Ce qui l'avait surtout frappée, c'était que l'auteur y révélait que tout près de 94 % des gens étaient bourrés de remords et de regrets de ne pas avoir vécu pleinement leur vie à l'aube de mourir. Comme quoi, l'urgence d'agir avait toute son importance.

Le *Mémorandum de Dieu* d'Og Mandino s'était avéré la véritable « cerise sur le *sundae* ». Autant Julia avait rigolé à la lecture du livre de Pierre Morency, même si elle avait été touchée énormément par les propos de l'auteur, autant le livre d'Og Mandino était venu la chercher au plus profond de son être, dans son âme et l'avait fait pleurer devant tant de beauté et de vérité. Julia comprit qu'elle devait redonner une place au sacré dans sa vie. Avoir la foi en une force supérieure aidait à garder le cap. Il n'était pas question ici de religion ou de croyance des hommes, mais seulement de reconnaissance envers Dieu pour la Vie qu'Il lui avait donnée. Elle était surtout reconnaissante envers Françoise avec qui elle et Paul avaient commencé à suivre des ateliers de méditation une fois semaine. Elle lui avait suggéré la lecture de cet ouvrage bénéfique. La méditation lui avait été d'un grand soutien. Elle l'avait aidée à se ressourcer, mais surtout à rester calme et à se centrer, à rester dans le moment présent, ici et maintenant.

À la fin de ce même été, Julia entreprit, avec Paul, un *coaching* spirituel avec Andréa. Il s'agissait d'un *coaching* individuel, mais auquel ils assistaient tous les deux. Ils travaillaient chacun sur leurs «bibittes» pour mieux se connaître, se comprendre et s'aimer davantage. Durant cette première année, ils seraient appelés à travailler le non-jugement, la transparence et la sincérité.

Julia apprit énormément à son sujet, sur ses attitudes et ses comportements, sur les «patterns» qui l'empêchaient d'avancer dans la vie. Au cours de la première rencontre mensuelle, Andréa l'aida à réaliser qu'elle était vraiment fatiguée de constamment s'évertuer à montrer une image parfaite d'elle-même. C'était donc pour cette raison qu'elle ne se pardonnait pas. Alors, Julia faisait le «tapis», le bon vieux tapis, ce qu'elle avait découvert en faisant l'atelier «Vivre pleinement sa vie». Et souvent Julia passait sous le tapis.

Selon Andréa, si Julia agissait ainsi, c'était à cause de son lien karmique puisque, dans une autre vie, elle avait abusé des autres, de leur confiance; elle s'était déguisée et avait pris la place de quelqu'un d'autre. Dans son village, elle avait pris une autre identité. Alors, dans cette vie-ci, Julia ne se pardonnait pas d'être vraie et authentique si elle n'utilisait pas le mot juste lorsqu'elle écrivait, par exemple. Julia avait peur de son identité, elle en avait la nausée. Elle comprenait les avoir déjà trichés, mais maintenant, c'en était assez, il ne fallait plus la remettre en question. C'était inscrit noir sur blanc, elle s'appelait Julia. Tout cela expliquait pourquoi elle était anéantie si quelqu'un doutait de ce qu'elle avait écrit. Elle ne se sentait jamais en sécurité dans son identité. Pourtant, elle n'avait plus rien à confirmer ni à prouver. Il n'y avait plus personne à convaincre.

Julia ne devait plus chercher à convaincre les gens de sa valeur, de la justesse de ses actions, de ses paroles; c'était ainsi, un point c'est tout. Elle ne devait plus chercher à convaincre les autres de la véracité de ses propos. Étant donné qu'elle avait expérimenté le mensonge dans une autre vie, sa mission au cours de cette vie était avant tout d'expérimenter la vérité.

Lors de la deuxième rencontre de *coaching* avec Andréa, cette dernière demanda à Julia d'accepter, tous les jours, de faire des choix pour elle-même. Accepter de se choisir ou de faire des choix qui la mettraient en vedette, en avant, en se disant qu'elle était contente d'avoir plus que d'autres dans certaines situations. Julia avait le droit d'en profiter. Puis, tout à coup, elle se rendit compte qu'elle avait commencé à appliquer cette prémisse, il y avait quelques mois, alors qu'elle avait décidé de publier son « premier roman ».

Aussi, Andréa l'invita à accepter de recevoir, et de garder pour elle, du temps, de l'argent, des honneurs et de la reconnaissance. Elle lui dit qu'elle avait le droit de recevoir et de garder pour elle, pour son bon plaisir. Comme devoir, Julia devait dire la vérité une fois par jour. De plus, le remède à sa difficulté était d'essayer le plus souvent possible de se donner le droit de dire sans chercher d'excuses. Julia devait gérer ses priorités et se donner le droit de recevoir.

Comme la troisième journée de *coaching* avec Andréa avait lieu durant la même fin de semaine que la deuxième rencontre du groupe, Julia travailla sur le fait de prendre sa place puisqu'elle était experte pour cacher ses besoins. Andréa l'avait aidée à identifier son mécanisme : Julia se cachait par des excuses qu'elle se donnait et qu'elle trouvait aux autres. Elle n'était pas bonne, ils avaient bien raison de ne pas la choisir. Elle faisait constamment des détours.

Pour s'en sortir, Julia devait cesser les excuses et arrêter de se raconter des histoires. Elle avait besoin de faire face à sa réalité. Elle devait s'accepter comme elle était, dans la différence qu'elle avait découverte en faisant son arbre généalogique, comme étant la seule depuis maintes générations à avoir fait des études. Julia devait accepter son unicité au sein de son clan. Elle devait surtout arrêter de vouloir être parfaite. Elle avait besoin de sortir de ses peurs. Pour y arriver, il lui suffisait de les prendre une à une lorsqu'elles se présentaient, et pas avant.

Julia devait cesser d'avoir peur. Elle devait prendre la vie une seconde à la fois pour se sécuriser et s'identifier à sa différence et à sa créativité. Il fallait accepter sa facilité à créer, à écrire, à dire. Pour arriver à ses fins, Julia devait surveiller son mécanisme de cachette qui se produisait par des excuses, selon son habitude de se rabaisser et d'élever les autres. Andréa lui avait suggéré de surveiller ses réactions au mensonge, pour se cacher ou trouver des excuses, car elle en était la spécialiste. En vérifiant si les excuses alimentaient la peur de déplaire ou le besoin de plaire, Julia découvrit que c'était davantage par besoin de plaire. Donc, ayant besoin de plaire, elle n'osait pas dire la vérité ou ce qu'elle pensait ou ressentait de peur de ne pas être aimée.

Andréa lui demanda surtout de s'observer, et si Julia s'apercevait qu'elle prononçait le mot « excuse », elle devait trouver un autre mot pour le remplacer. En fait, il s'agissait d'un mot anodin qui l'aiderait à déprogrammer son mental dans ce sens. Julia devait surtout perdre l'habitude du mot « excuse ». Pour y arriver, Andréa lui proposa de terminer toutes ses phrases par quelque chose de positif, et non de négatif.

Enfin, tous les jours, Julia devait accepter des compliments, avoir une bonne pensée pour elle-même, pour s'élever, désactiver le mécanisme de se rabaisser ou de se trouver des excuses pour se dire qu'elle n'était pas bonne. Julia devait être satisfaite de ses imperfections. Il était très important de dédramatiser et de comprendre qu'elle faisait des détours pour agir. Elle devait se ramener et prendre un raccourci pour aller droit au but.

***

Dans les semaines suivantes, Julia constata qu'elle avait éliminé toute forme de jugement autant envers sa mère que son père. Maintenant, Julia avait appris qu'il lui fallait rendre sa peine et sa colère à sa mère et ne garder que ce qui lui appartenait. Julia avait été impuissante à sauver sa mère, et la guérison de cette dernière ne lui appartenait pas. Désormais, Julia voulait gagner ses propres batailles.

Julia ne jugeait plus ses parents. C'était leur histoire, celle de leurs parents et de leurs grands-parents. Julia voulait maintenant réécrire les pages de sa vie et entendait bien avoir le dernier mot.

Un secret enfin dévoilé

Depuis le décès de sa mère, Julia avait gardé un certain contact avec l'une de ses tantes revue au salon funéraire. Depuis, à chaque Noël, Évelyne et Julia s'envoyaient des cartes et s'étaient parlé une ou deux fois au téléphone. Elles avaient même correspondu à quelques reprises au fil des ans. Mais ce Noël, Julia avait senti le besoin de renouer avec sa tante. Elles étaient allées dîner ensemble un midi.

Lors de cette rencontre, sa tante Évelyne avait avoué que sa mère lui avait déjà confié un secret. Elle pensait que Julia pourrait mieux comprendre sa mère si elle l'apprenait. Aussi, une fois revenue chez elle après leur rencontre, Julia sentit l'urgence de savoir la vérité.

Le samedi suivant, durant une rencontre mensuelle de *coaching* avec Andréa, Julia annonça que sa tante avait un secret à lui révéler. Andréa lui confirma ce qu'elle-même avait déjà ressenti, qu'elle était assez forte, assez adulte maintenant pour faire face à la vérité.

Ainsi, trois fins de semaine plus tard, alors que Julia et Paul avaient été invités à souper chez Évelyne et Charles, au cours du repas, sa tante lui révéla enfin le secret de Simone.

Alors que Simone et Hervé passaient la fin de semaine dans les Laurentides avec le frère de celui-ci, sa femme et son fils âgé de quelques mois, la tante de Julia et son mari – le frère de Simone – étaient allés les y rejoindre pour passer la journée. Pendant que Simone et Évelyne faisaient une promenade, la mère de Julia avait confié à sa belle-soeur qu'elle aurait pu, elle aussi, avoir un enfant de l'âge de son neveu, car elle s'était déjà fait avorter. D'abord, parce que Simone et Hervé avaient besoin d'argent pour lancer leur manufacture de chapeaux, mais aussi parce qu'ils demeuraient chez les parents de Simone, qui avaient besoin d'argent et à qui ils payaient une pension. De plus, la grand-mère de Julia avait bien spécifié à sa fille qu'elle ne voulait pas d'enfant dans sa maison.

Lorsque Simone s'était retrouvée enceinte, elle n'avait vu d'autre alternative que de se faire avorter. Simone avait confié à Évelyne que c'était quelque part sur la rue Sainte-Catherine, au centre-ville de Montréal, et qu'Hervé l'avait accompagnée un samedi matin. Simone avait été très malade les jours suivants et avait prétexté devoir travailler ce samedi-là pour ne pas éveiller les soupçons de sa mère qui l'attendait pour la fin de semaine à la Pointe-Calumet, là où les grands-parents de Julia passaient tous leurs étés.

Sur le coup, Julia se dit qu'elle aurait pu avoir un grand frère ou une grande soeur, mais surtout qu'elle avait, encore là, pris la place de quelqu'un d'autre. Depuis quarante-sept ans, elle s'était approprié la place d'enfant unique, de premier enfant, quand, en réalité, elle était le deuxième. Malgré la surprise de la nouvelle, Julia était soulagée de ne plus porter ce fardeau sur ses épaules. Elle était en train de retrouver sa véritable identité.

Julia se demandait parfois si elle faisait du progrès ou si elle régressait. On lui avait déjà dit que, pour mieux se propulser vers l'avant, il fallait parfois reculer de quelques pas. Julia avait l'impression que c'était exactement ce qui lui arrivait.

***

La fin de semaine suivante, alors que Jean était de retour au Québec, Paul et Julia suivirent un autre de ses ateliers. Comme ils se rendaient à la première journée d'atelier, durant le trajet, Julia fut prise d'un excès de nervosité. Elle avait bien hâte de revoir Jean et sa compagne Elsie, mais comme elle se sentait anxieuse! Elle avait des crampes au ventre et à l'estomac comme si elle se rendait à son premier jour de classe. Puis, les symptômes physiques s'estompèrent à leur arrivée au centre où avait lieu l'atelier, même si Julia avait déjà la gorge quelque peu nouée par un trop-plein d'émotions.

Leur vie était tellement différente depuis qu'ils avaient commencé à guérir. Pour sa part, Julia en profita pour faire une constellation familiale afin de mettre «son secret» en scène, secret dont il avait déjà été question deux ans auparavant, mais dont on n'avait aucune idée de la nature à ce moment-là. Elle plaça donc sa mère et son père, son grand-père et sa grand-mère maternels, elle-même, mais surtout l'enfant avorté, ce frère – ou cette sœur – qu'elle avait inconsciemment désiré toute sa vie pour enfin ne plus jamais se sentir seule.

Une fois que les personnages eurent fini d'exposer ce que leur ressenti leur révélait, Julia prit sa place dans la mise en scène. Elle ne put faire autrement que de s'effondrer devant l'enfant avorté. Elle se précipita sur lui et éclata en sanglots, des sanglots d'enfant esseulée. Elle pouvait enfin pleurer l'enfant qu'elle avait voulu remplacer toute sa vie en cherchant à être la petite fille la plus parfaite possible. Maintenant, plus rien de tout cela n'était nécessaire. Enfin, la vérité était mise au jour dans son histoire. Jean lui expliqua pourquoi elle n'avait eu qu'un enfant même si elle en avait voulu deux au moment où elle se trouvait enceinte. En fait, dans l'inconscient collectif de sa famille, Julia n'avait pas le droit d'avoir deux enfants si sa mère n'avait pas pu en avoir deux, elle aussi. Cela expliquait en partie pourquoi l'accouchement de Julia avait été aussi douloureux, lui enlevant définitivement le goût d'avoir un autre enfant.

Julia et Paul reparlèrent de leurs blessures dans la voiture sur le chemin du retour, le dimanche soir. Pour la première fois depuis le début de son travail avec Jean, Julia se sentait fatiguée certes, mais surtout allégée du poids qu'elle avait porté toutes ces années sur ses épaules. Son cœur était plus léger, moins chargé. Enfin, elle commençait à respirer.

Avant d'aller au lit, ce soir-là, elle réalisa qu'elle était vraiment plus libre et qu'elle finirait par s'en sortir. Elle remercia la Vie, l'Univers et Dieu de lui avoir donné l'occasion de rencontrer des gens aussi extraordinaires pour l'aider à s'épanouir et à devenir VÉRITABLEMENT ELLE-MÊME.

Le dimanche qui suivit cette fin de semaine intensive, alors que Julia était allée faire une promenade, elle sentit vraiment, pour la première fois de sa vie, qu'elle n'était plus seule; elle ne serait jamais plus seule, une nouvelle âme faisait partie de sa famille terrestre, et elle était heureuse de l'y accueillir et de lui faire une place dans son histoire familiale. Pour marquer symboliquement cette découverte, Julia prit une photo de ses parents et d'elle-même alors qu'elle avait à peine un an et elle y colla un petit fœtus pour représenter « son frère » puisque, selon le ressenti de Jean, il s'agissait bel et bien d'un garçon. D'ailleurs, comme le hasard n'existe pas, Julia avait bien choisi un homme pour jouer le rôle de celui-ci.

Le lien filial

Pour Julia, bien des choses s'expliquaient maintenant, du début à la fin de son histoire. Elle comprenait désormais les épisodes de colère et de rage de sa mère. Se pouvait-il qu'elle ait de la difficulté à accepter cet avortement ? Ce n'était pas à Julia, aujourd'hui, de juger la décision de ses parents dans toute cette affaire. Ils avaient pris, à l'époque, la décision qui leur paraissait la meilleure. Julia pouvait s'imaginer que le choix n'avait sûrement pas été facile, mais c'était ce qu'ils avaient cru bon de faire, et elle les respectait dans leur décision.

Cela expliquait-il également pourquoi Simone semblait en vouloir énormément à sa mère ? Elle sentait peut-être que sa mère l'avait empêchée de vivre vraiment sa vie. Les conditions d'avortement à cette époque n'étant pas celles d'aujourd'hui, Julia ne pouvait même pas arriver à s'imaginer ce que cette expérience avait pu être pour sa mère. Encore une chance que Simone s'en était sortie vivante, elle aurait bien pu en mourir, qui sait ?

Enfin, ce secret permettait à Julia de comprendre pourquoi sa mère était alcoolique, cherchant à noyer sa peine, et surtout ce manque d'amour de sa mère la coupant des joies de sa première maternité. Sa grand-mère avait certainement eu ses propres raisons, ses peurs à elle, mais bon! elles lui appartenaient, à elle aussi. Julia ne voulait pas la juger, elle non plus.

Finalement, Julia voyait plus clair dans les sanglots de sa mère, à quelques semaines de son mariage, quand elle était venue se réfugier dans ses bras. Simone aurait peut-être aimé lui parler de son secret, mais Julia comprenait qu'elle ne s'en sentait peut-être pas la force. Julia devait accepter cette nouvelle réalité qui était la sienne sans juger, car il fallait dépasser les actes. Elle voulait tout simplement continuer sa route sur le chemin de l'amour inconditionnel. Enfin, le voile était levé. Julia pouvait maintenant vivre SA vie et SES expériences.

***

Éveillée en nage après avoir fait un cauchemar, Julia n'arrivait pas à retrouver le sommeil. Elle se leva, alla au salon et écrivit ce que son cœur lui dictait :

À un frère retrouvé

Jamais je ne saurai…
À quoi auraient pu ressembler nos jeux ?
À quoi auraient pu ressembler tes yeux ?
Après toutes ces années,
Si j'ai enfin découvert à ton sujet la vérité,
Probablement qu'il me fallait te reconnaître,
Te donner ta place et t'aimer.
Toi que j'ai cherché depuis toujours
Sans jamais savoir le pourquoi de mes désirs,
Ô mon grand frère,
Mon amour est inconditionnel
Et pour toujours.

Enfin, je ne serai plus jamais esseulée
Avec toi à mes côtés pour me guider.
Était-ce toi qui venais me visiter,
Le soir, dans ma chambre lorsque j'avais trois ans ?
Pardonne ma méfiance et ma peur,
Mais je ne pouvais savoir
Que tu cherchais seulement à prendre contact
Et te rapprocher tout simplement.

Nos parents ont voulu faire pour le mieux,
Il faut les comprendre,
À moi maintenant de « nous » faire entendre !
Comme j'aimerais seulement
T'imaginer dans mes rêves et mes pensées.
Comme j'aimerais prendre ta main pour aller nous promener !
Comme j'aimerais t'écouter pour t'entendre me parler !
Comme j'aimerais être à tes côtés pour me confier !

Longtemps je t'ai cherché,
Maintenant je t'ai trouvé.
Un jour, nous serons tous rassemblés.
D'ici là, je veux honorer ta mémoire
Et vivre chaque instant de ma vie
Dans la paix, la joie et l'harmonie.

Tu sais maintenant que je serai toujours là.
Je t'embrasse, mon frère.
Je te serre bien fort dans mes bras
Pour qu'il n'y ait plus de tristesse dans nos cœurs,
Pour qu'il n'y ait plus jamais de douleur,
Mais uniquement de l'Amour et du bonheur.

Le lendemain, samedi, Julia se rendit au cimetière, apportant avec elle le poème qu'elle avait rédigé la veille en proie à l'insomnie. Elle creusa un petit trou à côté de la pierre tombale de ses grands-parents maternels et rendit à ses ancêtres et à la Terre l'autre petit enfant qu'ils avaient attendu, pour qu'ils puissent enfin reposer en paix.

Créer pour vivre

À l'été de cette même année, Paul et Julia achetèrent un chalet dans Lanaudière. Patrice, étudiant au cégep, travaillait l'été. Son horaire ne dépendait plus de celui de ses parents.

Ce matin-là, le temps était gris. La pluie venait de commencer. Paul travaillait dans son atelier quand Julia monta à l'étage et s'installa à sa table de travail, devant la fenêtre de leur chambre, pour écrire, rêvant qu'un jour ses textes soient publiés.

Le silence qui tue…

Minuit dix-sept. Sara étouffe. Le silence et l'indifférence de Simon la rongent. Elle se sent seule au monde. Il refuse toute discussion à cette heure-ci de la nuit et dit qu'elle a des idées noires quand elle est fatiguée. Depuis quelque temps, trop de changements ont pris place dans sa vie : démarrer une entreprise et se refaire une santé. Il dit l'aimer, peut-être mal, mais qu'elle ne doit jamais en douter. Demain, on verra… C'est exactement ce qu'il a dit la veille. Simon s'est fait à l'idée qu'ils n'ont plus assez de temps pour eux. Et c'est justement ce qui fait peur à Sara. Ce soir, il semble résigné à n'avoir aucune forme de rapprochement, même pas faire l'amour. Y aurait-il une autre femme ?

Sara a le sentiment que son couple fout le camp et elle semble la seule à s'en inquiéter. Elle sait que ces derniers mois n'ont pas été faciles pour lui. Aujourd'hui encore, on aurait dit que la menace pesait toujours sur leur couple. Elle se sent si souvent coupable de son mal à l'âme. Ce soir, elle a décidé d'agir, « à nous, la loi du silence ». La poésie semble être la seule façon d'exprimer ce qu'elle ressent pour Simon.

Amour, je croule sous le poids de ta jouissance,
Je ressens soudain ressurgir mon innocence,
Et dans le fond de ma noirceur,
Poindre les éclats de ma peur.
Prends-moi dans tes bras pour me bercer,
Pour m'aider à vivre avec ma douleur.
Aide-moi à combler ce vide,
Mon âme est livide
Et croule sous la torpeur,
Ne sachant plus où se tourner…
J'ai peur…

Sara n'a pas fermé l'œil de la nuit. Au déjeuner, Simon est venu lui parler pendant qu'elle prenait son café dans la cuisine. Elle parcourait les pages d'une revue pour fuir l'instant. Sara l'entendait lui parler comme à une enfant. Croyait-il vraiment que tout était réglé parce qu'elle s'était vidé le coeur ? Sa blessure est si profonde. Ses bras rassurants autour d'elle seraient le remède idéal à sa nuit glaciale.

Plus tard, Sara s'installe à l'ordinateur et écrit quelques lignes. Simon s'approche d'elle et lui dit qu'il ne pourra plus l'appeler du travail s'ils ne se parlent plus. Étouffée par l'émotion, elle lui répond à l'écran : « Je vais mourir… Si tu *ne... Oui... Ton silence me tue... Faut qu'on se parle... Je ne sais plus si tu m'aimes... Je me sens si vide... C'est vrai... Ce n'est pas une farce... Je ne veux pas mourir...*

Les larmes lui embrouillent la vue. Elle refuse de voir son fils souffrir à cause d'elle. Elle ne veut pas lui imposer un milieu familial où règnent la discorde et la mésentente.

Le lendemain, dimanche, elle pleure à fendre l'âme. Elle a froid de partout. Elle frissonne comme une feuille d'automne accrochée à la branche d'un arbre pour ne pas tomber.

Au coucher, elle trouve un mot sur son oreiller. Simon lui ouvre enfin son cœur et lui parle de son angoisse aussi vive que la sienne.

Mon cœur a besoin de te parler,
Mais par où commencer ?
Tout se bouscule dans ma tête,
Je sais que tu m'aimes,
Mais, trésor d'amour,
J'ai peur de te perdre,
Quand ce serait moi, en plus,
Qui en serait la cause.
Ta révolte me bouleverse.
Comme j'aimerais t'encourager davantage !
Mais toutes tes questions me font peur,
Et je me sens soudain si fragile.
Ta vérité me foudroie,
Et je sens que tout s'écroule en moi.
J'ai tant besoin de toi...

Sara arrive à peine à finir la lecture de sa note. Elle regarde entrer Simon dans la chambre. Il vient s'étendre à ses côtés.

Sara tient sa note sur son cœur. Elle plonge son regard dans celui de Simon. Il prend sa tête entre ses mains et l'embrasse, tremblotant...

Un havre de paix

Julia et Paul en étaient à leur deuxième semaine de vacances à leur chalet. Il avait plu pendant deux jours. Vers quinze heures de l'après-midi, le mercredi, la pluie cessa enfin. Julia décida d'aller faire une promenade. La nature sentait tellement bon après des averses. Au retour, elle s'installa avec son carnet sur la véranda, se sentant maintenant libérée du poids immense qu'elle avait porté sur ses épaules toute sa vie. Julia ne regrettait rien, elle savait qu'elle avait choisi ses parents pour se dépasser et relever le défi de son âme. La souffrance de sa mère l'avait poussée à vouloir aller au bout de ses rêves, à grandir, à apprendre, à écrire, et surtout, à guérir l'âme de sa famille.

Faire le deuil de ta présence, Maman,
C'est faire le deuil de ton amour.
Faire le deuil de ton absence, Maman,
C'est renoncer à ta présence pour toujours.

Jamais je n'arriverai à t'oublier.
Je veux tout simplement accepter,
Sans jamais abandonner,
Et me laisser par la vie porter.

Ton départ m'a foudroyée,
On n'est jamais préparé,
Des larmes j'en ai pleuré,
Des cris j'en ai lancé.

Toujours dans le silence et dans l'ombre,
Cachée dans la pénombre,
Pour mieux rebondir sur mes pattes,
Pour que cesse enfin cet échec et mat.

Je sais quelle route emprunter,
Je sais quel chemin fréquenter,
Je connais la direction à adopter,
Je suis guidée vers un bien-être assuré.

Malgré les obstacles à contourner,
Malgré le ciel gris à éclairer,
Je veux donner une chance à la Vie,
Et surtout me sentir épanouie !

Renaître à moi,
C'est renaître de toi.
Je puise dans ta mer,
Pour me refaire.

Je ne croyais jamais voler de mes propres ailes,
Et pourtant une force m'appelle.
Depuis que j'ai repris goût à la vie,
Depuis que je crois à mon nid.

Je m'accroche pour ne plus décrocher.
Je m'accroche pour mieux m'ancrer,
Dans la terre qui me nourrit.
Je veux communier avec la vie !

Le vol d'un oiseau m'interpelle.
Le vent dans les feuilles m'appelle.
Plus de nuages gris sur mes matins,
Le soleil me tend enfin la main...

***

Ce soir-là, Julia et Paul firent l'amour d'une façon qui leur était encore inconnue. Les changements qui s'étaient opérés en eux au cours des deux dernières années commençaient à porter fruit. Leurs deux corps semblaient fusionner en parfaite harmonie. Julia n'avait jamais encore ressenti autant de plaisir à se donner à son homme. Elle se sentait différente.

Après l'amour, certaines personnes fumaient une cigarette, d'autres mangeaient. Julia, elle, se leva et se rendit à sa table de travail, alluma une chandelle et laissa monter ce que l'amour pour Paul lui inspirait à cet instant précis.

C'est simple le bonheur avec toi,
Une tranche de vie qu'il faut arrêter.
C'est simple le bonheur dans tes bras,
Si le temps pouvait, pour un moment, se figer.

Une fois le bonheur trouvé,
Il faut s'y accrocher.
C'est simple le bonheur, et pourtant,
On l'oublie si souvent.

C'est dans ton sourire sur la plage,
C'est dans un regard au matin,
C'est dans un geste anodin,
C'est même dans un vieil adage.

C'est simple le bonheur quand c'est vrai,
C'est simple le bonheur quand ça nous plaît,
C'est simple, et parfois compliqué,
De savourer l'instant présent,
Et la victoire bien méritée...
Une ivresse d'amour revisitée!

Table des situations

Les retrouvailles 13
Le retour de la femme prodigue 37
Le deuil 41
Le quotidien 43
Mère, pourquoi m'as-tu abandonnée ? 47
Pardon 51
Crier sa peur 55
La fuite 59
La révélation 63
Fini le jugement 69
Au volant de sa vie 73
La remise en question 77
Le début d'une guérison 81
Jadis heureuses 89
Vivre enfin sa vie 93
L'introspection 101
Un secret enfin dévoilé 109
Le lien filial 115
Créer pour vivre 119
Un havre de paix 123

Cet ouvrage composé en caractères
Adobe Caslon, corpus 12,5,
fut achevé d'imprimer sur les presses
de Marquis imprimeur
en novembre 2005.